读客悬疑文库

认准读客读悬疑，本本都是大师级。

# 人间椅子

## 江户川乱步猎奇篇

［日］江户川乱步　著

竺家荣　马梦瑶　译

江苏凤凰文艺出版社
JIANGSU PHOENIX LITERATURE AND
ART PUBLISHING

图书在版编目（CIP）数据

人间椅子：江户川乱步猎奇篇/（日）江户川乱步
著；竺家荣，马梦瑶译．——南京：江苏凤凰文艺出版
社，2022.8（2022.10 重印）
ISBN 978-7-5594-6870-3

Ⅰ．①人… Ⅱ．①江… ②竺… ③马… Ⅲ．①中篇小
说－小说集－日本－现代②短篇小说－小说集－日本－现
代 Ⅳ．① I313.45

中国版本图书馆 CIP 数据核字 (2022) 第 090523 号

# 人间椅子：江户川乱步猎奇篇

［日］江户川乱步 著 竺家荣 马梦瑶 译

责任编辑 丁小卉
特约编辑 齐海霞 宋琰 李玉洁
装帧设计 李子琪 朱雪荣
责任印制 刘巍
出版发行 江苏凤凰文艺出版社
南京市中央路 165 号，邮编：210009
网 址 http://www.jswenyi.com
印 刷 三河市龙大印装有限公司
开 本 889 毫米 × 1270 毫米 1/32
印 张 9
字 数 182 千字
版 次 2022 年 8 月第 1 版
印 次 2022 年 10 月第 3 次印刷
标准书号 ISBN 978-7-5594-6870-3
定 价 49.90 元

世上在人们看不到的角落，究竟发生着怎样诡异恐怖的事，完全超出人们的想象。

——江户川乱步《人间椅子》

# 目录

# 人间椅子

江 户 川 乱 步 猎 奇 篇

每天早上十点多，送走去官厅上班的丈夫后，佳子终于有了属于自己的时间。她像往常一样把自己关进与丈夫共用的西式书房里，今天她正着手为K杂志的夏季增刊创作一部长篇。

佳子是一位美女作家，近来名气骤涨，锋芒甚至盖过了她在外务省任书记官的丈夫。她几乎每天都会收到几封陌生的仰慕者的来信。

今早也是如此。她在书桌前坐下，工作前，必定先浏览一下那些陌生人的来信。

来信的内容无非千篇一律的陈词滥调，但出于女性的温柔体贴之心，无论什么信件，只要是寄给自己的，她都会过目。

她先挑选简短的看，看过两封信和一张明信片后，只剩下一个像是稿件的厚信封。这种不事先写信告知便突然寄来稿子的情况，以前也是常有的。这类稿子大多冗长而无趣，但她还是打算瞅一眼题目，便拆开信封，从里面取出一沓纸。

果然如她所料，里面是一沓装订好的稿纸。不过不知为何，既无题目也无署名，一上来就以"夫人"开了头。奇怪，莫非这是一封信？她这么思忖着，随意往下看了两三行，忽然感觉有些不对劲，一种莫名的恐怖预感袭上心头。然而，强烈的好奇心驱使她不由自主地看了下去。

　　夫人：

　　突然收到陌生人的来信，夫人一定非常意外。这样冒昧地给夫人写这封信，自知唐突，还望多多包涵。

　　我下面要说的内容，恐怕会惊吓到夫人，但是，我必须向您坦白自己犯下的世所罕见的罪行。

　　这几个月来，我从人世间隐形遁迹，一直过着恶魔般的生活。当然，这广大的世界上，没有一个人知道我所做的事。如果没有意外，或许我永远不会再返回人世。

　　然而，最近我的心情发生了不可思议的变化，我不能不为自己的罪孽忏悔了。只是，我这么说夫人一定感到困惑不解，所以请夫人务必耐心读完这封信。读过之后便能明白我为什么会这样苦恼，又为什么恳请夫人倾听我这番忏悔了。

　　那么，从哪儿开始说起好呢？由于此事过于离经叛道，而且离奇古怪，在用这种人间通行的信件诉说时总觉得难为情，因此写信的过程中，我常常不知该如何下笔。但是再为难也不能不写。不管怎么样，我就从头开始，按时间先后顺序来写吧！

我是个天生奇丑无比的男人，这一点请夫人千万要记住，否则您若是同意了我冒昧的见面请求，在毫无心理准备的情况下，看到了我本就丑陋，又因长期不健康的生活变得更惨不忍睹的容貌而受惊的话，我是无法原谅自己的。

我这个人是多么不幸啊！虽然相貌丑陋，内心却燃烧着不为人知的炽热情感。我忘记了自己长着怪物般丑陋的面容，也忘记了自己是一个极其贫穷的工匠的现实，不知天高地厚地憧憬着甜蜜而奢侈的眼花缭乱的"梦"。

我倘若出身于富有之家，或许能凭借财力沉溺于五光十色的享乐之中，来排遣因龌龊的丑相而产生的悲伤。或者，我如果有艺术天分，也能写写优美的诗歌来忘却人世的凄凉。不幸的是，我没有任何天赋的才能，只是一个可悲的家具工匠之子，靠着跟家父学的手艺，勉强维持生计。

我的手艺是制作各式各样的椅子。我做出来的椅子，无论多么挑剔的客户都会满意，因此在商会里，我也受到另眼相待，我拿到的都是高级客户的订单。由于是高级客户，自然要求也特别苛刻，有的客户对椅子靠背或扶手部分的雕刻提出各式各样别出心裁的要求，有的客户对坐垫的弹性及各个局部的尺寸有特别的偏好，因此制作者为此耗费的心血，外人实在难以想象。不过付出的辛苦越多，做出成品后的喜悦就越是无法形容。这么说或许有些自鸣得意，我的心情可以说和艺术家完成杰作时的喜悦心情一样。

每做完一把椅子，我都要自己先坐一坐，感受舒适与否。在枯燥无趣的工匠生活中，唯独这个时候，我才会感受到说不出的得意与满足。不知以后坐在这把椅子上的是多么高贵的绅士，或是多么美丽的淑女，既然是定做如此昂贵的椅子的有钱人家，宅子里肯定有着与这把椅子相匹配的豪华房间，墙上一定挂着名人的油画，天花板上垂吊着犹如宝石般耀眼的水晶吊灯，地上必然铺着名贵的地毯，在和椅子配套的桌上，会绽放着令人眼前一亮的西洋花草，散发出浓郁甘美的香气。我沉浸于这样的幻想中，感觉自己成了那奢侈房间的主人。虽然只是短短的一瞬间，却感到无比愉快。

我虚幻的妄念不断地膨胀着。我这个贫穷、丑陋的小小工匠在空想的世界中化身为风流倜傥的贵公子，坐在自己制作的华丽椅子上。而且我身边坐着常在梦中出现的美貌女郎，她娇媚地微笑着，专注地听我说话。不仅如此，我们还握着彼此的手，互相诉说着甜蜜的爱的絮语。

然而，每当我沉浸在幸福得一塌糊涂的玫瑰色美梦中时，马上就会被街坊大妈刺耳的说话声，或是生病孩子歇斯底里的哭闹声吵醒，丑恶的现实又在我面前袒露它灰色的尸骸。回归现实后，我看见的是与梦中的贵公子毫不相似、丑陋得可悲的自己的模样，刚才对我微笑的美丽女子也不知所终……这些东西到底都跑到哪里去了？就连附近跟孩子玩得浑身是土的脏兮兮的女仆都不瞧我一眼。只有我制作的椅子孤零零地留在原地，犹如美梦的残片。而这把椅子，过不多久也将被送到和我生活的地方截然不同的另一个世界去。

就这样，每完成一把椅子，我就会产生无尽的空虚感。那难以形容的、让人厌恶至极的心情，随着岁月的流逝，逐渐发展到不堪忍受的程度了。

"与其天天过这种蛆虫般的生活，还不如干脆死掉！"

我认真思考起这个问题来。即使在工作间里敲着凿子、钉着钉子或是搅拌着刺鼻的涂料时，我也执拗地想着这件事。

"等一下，既然能下决心一死了之，难道就没有其他路可走吗？比如……"

我的想法渐渐朝着可怕的方向发展了。

恰巧在那时，我接到一份订单，客户要求我制作一批从未做过的大号皮革扶手椅。这批椅子要交货给同在Y市的一家外国人开的饭店，这家外国饭店一向从自己国家购进椅子，但雇用我的商会向饭店推荐，说日本也有手艺好的椅子工匠，做出来的样子并不比舶来品差，才好不容易拿下了这份订单。由于机会难得，我也是废寝忘食地投入到制作中，称得上是不遗余力、殚精竭虑。

完工后，我看着这些椅子，感到从未有过的满足，连我自己都觉得椅子完美得令人陶醉。像往常一样，我从四把一组的椅子中搬出一把放在光照好的木地板房间里，然后缓慢地坐了下来。这椅子坐着真舒服啊！不软不硬的坐垫，触感舒适而且特意不染色的灰色鞣皮，适度倾斜、微微托起背部的丰满靠背，饱满鼓起而且弧度优美的扶手，这些匠心使得整个椅子不可思议地完美协调，浑然一体地展现了"安乐"这个词语。

我深深地坐靠在椅子上，两手抚摩着浑圆的扶手，沉醉其中。然后，我又犯了妄想的老毛病，无边无际的空想犹如彩虹，带着耀眼的色彩源源不断地涌现出来。这些是幻觉吗？由于内心所想过于清晰地浮现在眼前，我甚至害怕起来，心想我是不是已经疯了。

沉醉在幻想中的我脑中忽然冒出一个奇思妙想。所谓恶魔的声音，大概就是这样的吧！这个念头尽管如梦幻般荒唐无稽、无比恐怖，却用难以抗拒的魅力蛊惑着我。

起初，我的愿望很单纯，只是不想与凝结了自己心血的漂亮椅子分开，可能的话，我情愿跟着它去任何地方。可是当我朦朦胧胧地展开梦想的翅膀时，那梦想不知不觉竟和平日在头脑中发酵的那个可怕念头结合了起来。我简直是个不可理喻的疯子，居然打算去实现这古怪离奇的妄想。

我以最快的速度拆卸了四把扶手椅中做得最好的一把。然后，按照实施我那奇妙计划的需求，把椅子重新组装起来。

这是相当大的扶手椅，椅座以下部分用皮革一直包裹到接近地面的程度，靠背和扶手也非常厚实，即使里面藏进一个人，从外面也完全看不出来。当然，椅子里面是由结实的木框架和许多弹簧支撑的，我对此进行了一些改造，使椅座下面能伸进腿部，靠背里面能伸进头部和身躯，只要照着椅子的形状坐进去，人便能潜藏在其中的空隙里。

这种改装对我来说不在话下，所以我三两下就将椅子改造得符合要求了。例如，为了在椅子里面能够呼吸和听见外面的声响，我在皮革一角留出不易被人察觉的空隙；在靠背里面的头部位置旁，安上了一个可以放东西的小储物架（我放上了水壶和压缩面包）；为了某种用途，还装进去一个大橡皮袋。除此之外，还动了许多脑筋，达到了只要有粮食，哪怕在里面待上两三天也没有问题的程度。可以说，这把椅子变成了一间单人房间。

我脱得只剩一件衬衫，打开椅子底部作为出入口的盖子，一下钻进了椅内。在里面的感觉奇妙极了，眼前一片漆黑，很憋闷，仿佛踏进了坟墓似的怪异。仔细想来，它的确是一座坟墓。因为我爬进椅子时，就如同穿上了隐身衣，从这世间消失了。

过了不久，商会派来的搬运工拉着大平板车来搬运这四把扶手椅。我的徒弟（我们住在一起）毫不知情地接待了搬运工。将椅子搬上车时，一个工人吼了一句："这椅子怎么这么重啊？"我吓了一大跳。好在扶手椅原本就特别重，所以工人也没多怀疑。不一会儿工夫，咔嗒咔嗒走起来的大平板车的震动，将异样的感觉传导到了我的身体。

尽管一路上我都提心吊胆的，但最终平安无事地在当天下午到达饭店，我藏身的扶手椅被安放在了某个房间。我后来才知道，那个房间并非私人客房，而是供顾客等候、看报、抽烟等使用的类似休息室的房间，有各种各样的人频繁出入。

想必夫人早已意识到了，我这古怪行为的首要目的，就是趁着没有人的时候溜出椅子，在饭店里四处转悠，伺机行窃。有谁能想到椅子里竟然藏了一个人呢？我可以像影子一般自由地进出每个房间，进行偷窃。等到客人发现丢了东西，人们乱作一团时，我只要逃回椅中这个秘密藏身之所，屏住呼吸瞧着他们漫无目标地瞎找就可以了。夫人知道海边有种叫寄居蟹的螃蟹吧？它们外表酷似大蜘蛛，没有人时，它们就神气十足地横行霸道，只要听到一点儿脚步声，便以惊人的速度躲进贝壳。而且它们还从贝壳里伸出一点儿毛茸茸的吓人前腿，窥探敌人的动静。我就好比那寄居蟹，虽说没有外壳，却有椅子作为隐身之所，我不是在海边，而是在饭店里旁若无人般肆意横行。

我这异想天开的计划，出乎意料地获得了成功。抵达饭店的第三天，我就顺利地干了一大票。偷窃时害怕又快乐的心情，顺利得手时难以言表的欢喜，以及眼看着众人在我旁边七嘴八舌地嚷着"他逃到那边了""他跑去这边了"的热闹场面，好笑死了。总之，这些都散发着不同寻常的魅力，让我为之着迷。

不过，很遗憾，眼下我无暇详细讲述这些。因为藏身在椅子中的我，发现了比盗窃更快乐十倍甚至二十倍的新奇乐趣。其实向您坦白这件事，才是我写这封信的真正目的。

关于这件事还要回到前面，从我藏身的椅子被摆放在饭店休息室开始讲起。

椅子一送到，饭店的老板都来一一试坐，之后就静悄悄的，听不到一点儿声响了。我想房间里大概没人了，但刚来就从椅子里出来太冒险，容易被人发现，所以没有贸然行动。我在很长时间里（或许只是我这么感觉）将全部注意力都集中在耳朵上，不漏掉一点儿声音，一动不动地听外面的动静。

等了一会儿，我听见像是从走廊里传来的一阵沉重的脚步声，走到距椅子五六米远的地方时，由于房间里铺着地毯，脚步声变成了几乎听不见的低沉响声。接着，是一阵男性粗重的鼻息，我正吃惊，一个西洋人似的庞大身躯已经一屁股坐了下来，还轻轻弹了两三下。隔着一层薄薄的皮革，我的大腿和那个男人敦实而硕大的臀部紧紧贴在一起，甚至能感受到皮肤的温度。他宽阔的肩膀正靠在我的胸脯上，沉重的双臂透过皮革扶手与我的胳膊重叠着。然后他好像抽起了雪茄，男性的丰富香气透过皮革间隙飘了进来。

夫人，请您从我的角度想象一下当时的情景吧，那是一种多么荒诞的感觉啊！因恐惧过度，我在黑暗中拼命蜷缩着身子，腋下冷汗直冒，脑子里一片空白，呆若木鸡。

从那个男人开始，那天不断有各种各样的人先后在我膝上坐下、起来，但是没有一个人发现我在椅子里，他们觉得非常柔软的坐垫，其实是我这个人的活生生的大腿。

身体无法动弹的皮革里的黑暗天地，是多么奇异而充满魅惑的世界啊！在那里，你会感觉外面的人，与平日看到的人是完全不同的一种奇妙的生物。他们不过是由说话声、鼻息、脚步声、衣物窸窣声以及几个浑圆而富有弹性的肉块构成的。我能够通过皮肤触感而不是相貌辨别外面的每一个人。有些人胖嘟嘟的，犹如腐烂的鱼肉；与之相反，有些人瘦骨嶙峋，就像是骸骨。此外，将背脊弯曲度、肩胛骨间距、手臂长度、大腿粗细或尾椎骨长短等综合考虑，可以知道，就算身材再相似，人和人也必定有差异。人类这种生物，除了容貌和指纹，绝对可以凭借触摸全身的方式进行识别。

对于异性的判断也一样。一般情况下，人们是通过容貌的美丑来评判异性的，但在这椅中世界，美丑完全被排除在外，这里只有赤裸的肉体、噪音和气味。

夫人，请不要为我过分露骨的讲述而感到不悦，因为我在椅子中，强烈地爱上了一位女子的肉体（她是第一个坐上我这把椅子的女性）。

凭着她的噪音，可以想象她还是个青涩的外国少女。当时房间里正好没人，她大概是有什么高兴的事，轻轻哼着奇妙的歌曲、跳着欢快的舞步走进来。她走到我藏身的扶手椅前，猛地将她那丰满柔软的身体投到我的身上。而且不知道为什么，她忽然大笑起来，手舞足蹈，像网中的鱼似的折腾个不停。

然后差不多有半小时的时间，她在我的腿上一会儿唱歌，一会儿随着那支歌的节奏轻轻扭动沉甸甸的身子。

对我来说，这真是预料不到的惊天动地的大事件。我一直觉得女人是神圣的，不，应该说是可怕的，我甚至不敢看她们的容貌。可如今，我却和一个素昧平生的外国少女共处一室，同坐一椅，不仅如此，我们的肌肤只隔着一层薄薄的皮革紧密贴合着，我几乎能感觉到她的体温。尽管如此，她完全放心地将全身重量依靠在我身上，表现出只有在四下无人时才有的松弛而随意的姿态。我在椅子里甚至能够紧紧拥抱她，还能从皮革后面亲吻她丰腴的后脖颈。无论想做什么动作，我都可以随心所欲。

自从有了这个惊人的发现，我最初的偷窃目的便退居第二，我完全沉溺于这神秘莫测的触觉世界了。我想，这个椅中世界，或许才是上天赐予我的真正归宿。像我这样丑陋而懦弱的男人，在充满光明的地方只能自卑地过着羞耻而悲惨的生活。可是，一旦换个居住的世界，蜷缩在这椅内的狭窄空间里，我就能亲近在光明的世界里不可能交谈，甚至不能靠近的美丽女人，听她们说话，触摸她们的肌肤。

这就是椅中之恋！这恋爱具有多么不可思议、令人陶醉的魅力啊！不是亲身进入椅子里感受过的人是无法体会的，那是只有触觉、听觉以及一点点嗅觉的恋情，是黑暗世界中的恋情，是绝不属于这个人世间的恋情！这大概就是恶魔之国的爱欲吧，仔细想来，世上在人们看不到的角落，究竟发生着怎样诡异恐怖的事，完全超出人们的想象。

当然，按我原先的计划，只要完成行窃便马上逃离饭店，但现在我沉迷于这无比的快乐无法自拔，非但没有逃离，甚至把椅内当成永久的定居所，持续过着椅中生活。

每晚外出的时候，我都格外小心，避免发出一点儿声响，尽量避人耳目地出来活动，所以没有遇到什么危险。话虽如此，我竟能安然无恙地在椅内生活长达几个月，连我自己都觉得吃惊。

由于一天的大部分时间都在椅中的狭小空间里弯着手臂、屈着膝盖，我觉得浑身发麻，无法站直身体，以至只能像个半瘫似的爬着往返于厨房和卫生间。我纯粹是个疯子，宁愿忍受如此痛苦，也不愿放弃妙不可言的触觉世界。

虽然也有人把这家饭店当成家，一住就是一两个月，不过这毕竟是饭店，宾客自然经常更换，因此我的奇异恋情只能不时变换对象，也是无可奈何的事。普通人会记住恋人的容貌，而我对于恋人的各种记忆，是以触觉的形式烙印在我心中。

有的人像马驹般精悍，有着苗条紧实的肉体；有的人像蛇一般妖艳，有着灵活自如的肉体；有的人胖得像皮球般浑圆，脂肪厚厚的，肉体富于弹性；还有的人像希腊雕塑般粗壮有力，拥有丰满健美的肉体。此外，不管哪一个女性的肉体，都具有其个人的独特魅力。

这样，不断变换各种女人的我，也尝到了别样的奇妙滋味。

有一次，欧洲某强国大使（我是听日本服务生聊天知道的）的伟大身躯坐在了我的腿上，比起其政治家的身份，他作为诗人的名声更是享誉世界，因此能触摸到这位大人物的肌肤令我甚为自豪，兴奋不已。他在我身上与两三个同胞交谈了大约十分钟就离开了。当然，我完全不明白他们在聊些什么，但他每次做手势，身体都跟着一起动弹，他那比一般人温暖许多的搔痒般的肉体触感，给我带来难以名状的刺激。

当时，我突发奇想，倘若我用尖刀从皮革后方猛地刺向他的心脏，会引起什么样的后果呢？不言而喻，会给他造成致命伤，使他再也站不起来。为此，他的国家自不必说，日本政界不知会掀起多么巨大的波澜，报纸不知会登出怎样措辞激昂的报道。

他的死，不仅会严重影响日本与他的国家的外交关系，在艺术方面，也必定是世界的一大损失。而这么一桩大事，我一伸手就能够轻而易举地完成。想到这里，我不禁得意起来。

还有一次，某国著名女舞蹈家来日本访问，刚好下榻在这家饭店，尽管仅有一次，但她坐过我这把椅子。那时候，我也享受到了同那位大使接触类似的感受，此外，她还带给了我未曾体验过的理想肉体美的触觉。面对这无与伦比的美，我来不及产生下流念头，只是怀着欣赏艺术品的虔敬心情去赞美她。

除此之外，我还经历过不少稀奇古怪或是令人毛骨悚然的事情，不过细述这些经历并非此信的目的，而且我已经说得太多了，还是尽快言归正传吧。

进入饭店几个月后，我的命运发生了变化。因为饭店经营者由于一些原因回国了，饭店原封不动地转给了某日本公司。日本公司调整了原来高档次的经营方针，将饭店改为大众化的旅馆，以便扩大利润空间。因此一些用不着的摆设，公司便委托某大牌家具商进行拍卖，我藏身的椅子也被列入了拍卖目录。

我听说这件事后顿感失望，甚至考虑借此机会重返俗世，开始新生活。当时，我偷窃来的钱已达到可观的数额，即使回到现实世界，也不会像从前那样悲惨度日了。可是转念一想，离开洋人的饭店虽令人失望，却也意味着一个新希望。之所以这么说，是因为几个月来，我虽然爱上无数的异性，但她们清一色是外国人，纵然她们有着多么漂亮、多么美好的肉体，我却总觉得缺少某种精神上的满足感。日本人大概除了对同胞，就不会萌生真正的爱情吧，我渐渐有了这样的想法。恰好我的椅子要被送去拍卖，这次说不定会被日本人买下，放在日本人的家里。这就是我的新希望。总之，我决定在椅中继续生活一段时间。

我在旧家具店外度过了十分煎熬的几天。不过，拍卖开始后，我的椅子幸运地马上被拍走了，也许因为虽然旧了些，但仍是一把相当吸引人的精美椅子吧。

买家是一个住在离Y市不远的大城市里的政府官员。从旧家具店到其宅邸只有几里路，可是一路上，卡车剧烈地颠簸，我在椅子里被颠得要死要活的，可受罪了，但这点苦，跟买家如我所愿是日本人的喜悦相比根本算不上什么。

买家是个高官，住在一栋豪华的小洋楼里，我藏身的椅子被摆放在那座洋楼的宽敞书房里。最让我满意的是，经常使用书房的不是男主人，而是他年轻漂亮的夫人。其后的一个月里，我常常和夫人共处一室。除了用餐和就寝的时间，夫人柔软的身体总是坐在我身上，因为那段时间，夫人一直关在书房里埋头写一本书。

我有多么爱她，就不在信里一一赘述了。她是我接触的第一个日本女人，而且有着非常完美的肉体。我平生第一次感受到真正的爱情。与此相比，在饭店里体验过的那些女子，绝对不能与这种爱相提并论。其证据就是，我唯独对这位夫人，产生了前所未有的欲求。我不甘心只是偷偷爱抚她，还煞费苦心地想让她知道我的存在。

可能的话，我渴望夫人也能意识到椅子里的我，而且，

插画师：朱雪荣

虽说是一种奢求，我甚至期盼能得到她的爱。可是，我该怎么暗示她呢？直接告诉她椅内藏着一个人，她肯定会大惊失色地告诉主人和用人。这样一来，不但前功尽弃，我还将背上可怕的罪名，受到法律的制裁。

所以，我至少尽力让夫人觉得坐在这把椅子上会舒适无比，从而爱上这把椅子。身为艺术家，想必夫人具有比常人更为细腻的感知能力。如果她从我这把椅子上感觉到了生命，如果她不把椅子当成一件物品，而视为一个活物来喜爱，只要能够这样，我就别无他求了。

每次她将身子投向我时，我总是尽量轻柔地接住。当她疲倦的时候，我会神不知鬼不觉地悄悄挪动膝盖，来调整她的身体姿态。要是她迷迷糊糊地打起盹儿来，我便轻微地晃动双膝，充当摇篮的作用。

不知道是我的心血有了回报，还是自己鬼迷心窍，最近我觉得夫人似乎很喜欢我藏身的椅子。她会像婴儿躺在母亲怀中般，或是少女投入恋人的怀抱般，带着温柔的绵绵情意深深坐进椅子里。就连她在我腿上扭动身体的样子，都仿佛特别眷恋椅子似的。

于是，我的热情一天比一天炽热地燃烧起来。终于有一天，啊，夫人，我产生了一个自不量力、胆大包天的想法。我走火入魔地想，只要能看一眼我的心上人，与她说说话，我就死而无憾了。

夫人，想必您已经明白。请原谅这不可饶恕的冒犯，我所说的心上人，其实就是您。我就是那个自从您先生从Y市的旧家具店买下我的椅子以来，对您暗恋至今的可悲的人。

夫人，这是我此生唯一的请求，您能否见我一面？而且，哪怕说一句话也好，能不能安慰一下我这个可怜的丑男人呢？我绝不敢奢望更多，因为我这丑恶肮脏的家伙，实在不配奢求什么。请您开恩，接受我这个最最不幸的男子的恳求吧！

昨晚为了写这封信，我溜出了贵府。因为当面向夫人开口请求太危险，我也没有那样的胆子。

现在，在您读这封信的时候，我正紧张得脸色苍白，在贵府周围转来转去。

倘若您肯答应我这个十分唐突的请求，请将手帕盖在书房窗户的石竹盆栽上。看到这个信号，我会装成普通的访客，去贵府的玄关按门铃。

最后，这封诡异的来信，以一句热烈的祝福语结了尾。

读到一半，佳子已被恐怖的预感吓得花容失色了。

她不由自主地站起身，逃出摆着那把瘆人的扶手椅的书房，跑进了日式起居室。她想干脆撕掉那封信，可是又不能安心，便放在起居室的茶几上接着往下看。

她的预感果然是对的。

啊，这是多么骇人听闻的事啊！原来她每天坐的那把扶手椅里，竟藏着一个陌生男人！

"啊，太可怕了！"

她仿佛被人当头浇了一盆冷水，浑身颤抖起来。而且这莫名其妙的颤抖怎么都停不下来。

她因过度惊吓而不知所措，不知该做些什么。检查一下椅子？太可怕了，自己哪有这个胆子。那里面就算已经没有人了，肯定还残留着食物等属于他的一些脏东西。

"太太，您的信。"

佳子吓了一跳，回头一看，女佣拿来一封像是刚刚送来的信。

佳子随手接过来，正要拆开时，忽然看到信封上的字，吓得差点儿把信掉在地上。因为她的姓名、住址的笔迹，和刚才那封可怕信件的字迹分毫不差。

佳子犹豫了好久，不知该不该打开信封。最后她还是下决心撕开封口，战战兢兢地读了起来。信里只有短短几句，却奇异得让她又吃了一惊。


　　唐突给您写信，实在失礼，还望海涵！我平素十分喜爱您的作品，之前寄的稿子是我的拙作，您过目之后，若能不吝赐教，实乃荣幸之至。出于某些原因，稿件是在此信提笔前寄出的，因此推测您已过目，不知评价如何？倘若拙作能给您留下些许印象，我将不胜欣喜。

稿子没有题目，是我有意为之，我考虑起名《人间椅子》。

让您见笑了，还望多多指教！草草不尽。

# 芋虫

江 户 川 乱 步 猎 奇 篇

时子从主屋告辞后，穿过已经昏暗下来的杂草丛生、荒废不堪的大院子，朝着他们夫妻居住的偏房走去。这时她想起主屋主人后备少将刚才对她絮叨的那套老掉牙的夸赞，感觉很不是滋味，就好像咬了一口最不爱吃的软塌塌的酱烧茄子。

　　"须永中尉（后备少将直到现在还滑稽地用过去的威风头衔称呼那个人不人鬼不鬼的残废兵），须永中尉之忠烈无疑是我们陆军的骄傲，这已是世人皆知的。但是这三年来，你为照料那位残疾人，真是任劳任怨、无微不至，完全舍弃了私欲。要说这是作为妻子应尽的义务，倒也没错，但你这份贞节的确是很难做到的。我非常感佩！我认为这是当今世上的一段佳话。不过，前面还有很长的路要走，请你千万不要改变心意，要好好照顾他啊。"

　　鹫尾老少将每次和她见面，好像不说上这么几句就过不去似的，例行公事般极力夸赞他曾经的部下，那个如今已成了累赘的残废中尉和他的妻子。时子每次听到这些话，感觉就像吃了刚才提到的酱烧茄子，所以总是避免见到老少将。她常常趁着主人外出时，去找夫人或小姐聊天消磨时光，再怎么说，她也受不了整日面对一个不说话的残废。

不用说，起初一段时间，这些赞许之语很符合她的自我牺牲精神和难得的贞节操守，以某种无法言说的自豪快感搔弄着时子的心。但时至今日，她很难像从前一样真心把这些话当回事了，甚至有些害怕听到这些夸奖。每逢此时，时子都觉得对方是在当面指着她斥责"你躲在贞节牌坊下，犯下了人神共愤的恶行"，不禁吓得冷汗直流。

仔细想想，时子自己也觉得变化太大了，以至于慨叹人的感情竟会变化如此之大。刚开始，她不知世间险恶，羞怯怕生，是个名副其实的贞洁妻子。可现在，她已经完全变了，外表且不说，内心深处竟盘踞着一只令人毛骨悚然的色欲之鬼，将不幸的残疾人（用残疾这个词都不足以概括的极其悲惨的残疾）丈夫——曾经忠勇报国的将才，仅仅当作为了满足她的情欲而饲养的一个畜生或是某种工具了。

这淫荡的鬼魅到底从何而来？是那个黄色肉团玄妙莫测的魅力在捣鬼（确实，她的丈夫须永中尉不过是个黄色肉块。他就像个畸形的陀螺，只是个撩拨她的情欲之物），还是从她三十岁的肉体中喷薄欲出的一种不知由来的力量使然？恐怕两者兼有。

每次听鹫尾老人说话时，时子都不由得为自己近来明显臃肿起来的肉体以及那可能已被别人闻到的体味深感惶恐。

“我现在怎么像个傻子似的胖成这样啊？”

然而，她的脸色却总是十分苍白。老少将每回都是一面照例说一通溢美之词，一面稍显怀疑地打量她的胖嘟嘟的身材，说不定时子厌恶老少将的最大原因就在这里。

由于地处乡下，主屋和偏房相隔五十多米远，中间是一片连路都没有的荒地，偶尔会有锦蛇簌簌地爬出来，走路不小心，便有掉进被杂草覆盖的旧水井的危险。在宽阔的宅院四周是仅当摆设的参差不齐的绿篱，篱笆外边是连成片的水田和旱田，再往远处是八幡神社的树林，他们所住的两层偏房便黑乎乎、孤零零地矗立在这里。

天空中已有一两颗星星在眨眼。房间里此时应该已经伸手不见五指了。如果时子不来点灯，她的丈夫就连点灯的能力都没有，那个肉块只能在黑暗中斜靠在榻榻米椅子上，或者从椅子上滑落，躺在榻榻米上，吧嗒吧嗒地眨眼睛吧。好可怜！一想到这儿，厌恶、凄惨、悲伤，还混杂着些许情欲，让她的后背一阵发冷。

渐渐走近后，她看见二层的拉窗仿佛预示着什么，呆呆地张着黑色的大口，从里面照例传来了咚咚咚捶打榻榻米的闷响。“哎，又在敲了。”想到这儿，她眼眶一热，怜悯之情油然而生。那声音是她那残疾丈夫发出来的，他仰面躺在榻榻米上，无法像常人一样拍手喊人，只能用脑袋咚咚地撞击榻榻米，焦急地呼唤他唯一的伴侣时子。

“我现在就来。你饿了吧？”

时子明知对方听不见，仍然习惯性地这么说着，急匆匆地跑向厨房入口，飞快地爬上旁边的楼梯。

在二楼六叠①大的小屋里，有个形式上的壁龛，壁龛旁边的角落里摆着油灯和火柴。她就像母亲对婴儿说话那样不停地说着："等急了吧，真对不起哟。""马上，马上，你这么喊我，黑黢黢的什么也做不了呀。我现在就点灯哟，再等一下，再等一下。"她自顾自地说了许多（因为她丈夫一点儿也听不到），把灯点亮后，再把灯拿到房间一侧的桌子旁边。

那张桌子前摆放着一个新款特制的榻榻米座椅，上面绑着一个平纹薄毛呢友禅坐垫，但上面空无一物，在离椅子很远的榻榻米上躺着一个不寻常的物体。那东西与其说身穿老旧的大岛铭仙②和服，却不如说是包着，或者说地上胡乱放着个用大岛铭仙和服裹着的大包裹更为贴切，反正是个怪模怪样的东西。然后，从那个包裹的一角伸出一个人头来，那人头好似尖头蚂蚱，或者像个奇异的自动机械似的咚咚地撞击着榻榻米。每次撞击后，大包裹都会因反作用一点点改变位置。

"别发那么大脾气嘛，你想说什么？吃饭吗？"

时子说完，便用手比画吃饭的动作。

"也不是？那，想要这样？"

---

① 叠：日本常用的面积单位，1叠约1.62平方米。——译者注（本书中注释如无特殊说明，均为译者注。）
② 铭仙：一种平纹丝织品。

女人又比画一个别的动作。但她那不能说话的丈夫每次都摇头，然后又咚咚、咚咚地使劲用头撞榻榻米。炮弹碎片毁掉了他的整个面容。左耳郭几乎不见踪影，只残存了一个小小的黑洞，算是耳朵的痕迹。同在左脸颊，一条长长的缝合线似的伤疤从左嘴角斜着延伸到眼睛下方。从右边的太阳穴直到头顶，也趴着一道丑陋的疤痕。喉咙像是被剜去了似的凹陷着，鼻子和嘴巴都失去了原来的形态。在那张怪物般的脸上，唯一完整无缺的就是那双与四周的丑陋形成对照的天真孩童般清澈的圆眼睛，它正忽闪忽闪地烦躁地眨着。

"你是有话要和我说吧？等等哟。"

她从桌子抽屉里取出记事本和铅笔，让那个废人歪斜的嘴叼住铅笔，再把打开的记事本递过去。她丈夫既不能说话，也没有能拿笔的手和脚。

"你讨厌我了吧？"

残废就像遭天谴般，用嘴在妻子拿来的记事本上写字。花了很长时间，写出来几个特别难辨认的片假名①。

"哈哈哈哈，你又吃醋了吧？不是的，不是的。"

她一边笑一边使劲摇头。

可是，残废又开始急切地撞脑袋了，时子明白他的意思，再次把记事本递到对方嘴边。随后铅笔颤巍巍地移动起来，写下"去哪儿

---

① 片假名：日语文字形式的一种。

了"几个字。

一看到这几个字，时子便猛地从残废嘴里夺过铅笔，在那页纸的空白处写下"鸢尾先生家"，然后把本子举到对方的眼前。

"你应该知道啊。我还有其他地方可去吗？"

残废再次要来记事本，写了"三小时"。

"你是说你一个人等了三个小时吗？对不起啦。"

这时她露出抱歉的表情低下头，边摆手边说："不再去了，不再去了。"

包裹样的废人须永中尉显然还有话想说，但是嫌用嘴写字的方式太麻烦，脑袋不再晃动了，却向瞪大的双眼中填入了丰富的含义，直勾勾地盯着时子的脸。

时子知道在这种情况下让丈夫高兴起来的唯一办法。因为无法用语言沟通，不能进行具体的解释，而除了语言，能够有力表达心中千言万语的微妙的眼神等方式，对于头脑变愚钝的丈夫是行不通的。所以，每当因这种莫名其妙的吃醋而拌嘴时，两个人都会变得不耐烦起来，就会采取最快捷的和解方式。

她突然朝丈夫的脸俯下身子，在他歪斜的嘴边那条光滑发亮的大疤痕上如鸡啄米般亲吻起来。一瞬间，残废眼中终于出现了放心的神色，歪斜的嘴边浮上一抹哭泣般难看的笑意。和平时一样，时子看到这笑意也没有停下疯狂的亲吻。她这么做一是为了忘掉对方的丑陋，强行把自己调动到兴奋状态，二是受到随意欺辱这个完全失去活动自由的悲惨残废的不可思议的欲望驱使。

但是，残废这边被她过度的示好弄得不知所措，因为喘不上气痛苦得浑身乱扭，丑陋的面孔异样地扭曲抽动着。看到丈夫这个样子，时子如往常般感到体内有种欲求不可遏止地往上涌。

她发起狂来，向残废发起了攻击。她将大岛铭仙的包袱皮全都撕扯掉，顿时从里面滚出一个奇形怪状的可怕肉块来。

变成这般残缺之体，居然还能捡回一条命，此事在当时震惊了医学界，报上还将之作为闻所未闻的奇谈大肆渲染。废人须永中尉的身体如同一个被揪掉胳膊腿的偶人，其形体实在是悲惨又骇人，已经残缺到了极限。他的四肢几乎从根部被切断，只凭借微微凸起的肉块，表明那里曾经长过手臂和大腿，而且在面部以及只剩下躯干的怪胎般的身上，无数大小伤疤在粼粼发光。

尽管凄惨到如此地步，他的身体居然营养均衡，有着作为残疾人来说健康的体格（鸷尾老少将将此归功于时子照顾周到，每次赞美她时都没有忘记加上这一条）。也许是没有其他乐趣，唯有食欲旺盛的缘故，他腹部光滑而滚圆，只剩下躯干的整个身体中，只有那个部位尤其显眼。

她的丈夫宛如一条巨大的黄色芋虫，或者如同时子一向在心里形容的那样，是个极其怪异的畸形肉陀螺。有时，那东西将四肢残余的四个小肉块（在躯干的尖端好似手提袋那样，四周的表皮被抽拽成深深的褶皱，其中央有个怪异的小凹坑）以及那个肉肉的突起物，像芋虫的腿似的拼命颤动着，以臀部为中心，用脑袋和肩膀在榻榻米上宛如陀螺般滴溜溜地旋转。

刚才被时子扒光了的残废，对此行为并没有加以抵抗，似乎已经预测到即将发生的事，直勾勾地向上翻着眼睛，盯着伏在他脑袋旁的时子那双野兽瞄准猎物时细细眯起的眼睛和皮肤细腻而紧绷的双下巴。

时子能读懂残疾人这眼神的含义。像眼下这种情况，她知道只要再进一步做什么，那眼神就会消失。比如，她在他身边做针线活，这个残疾人就会无所事事又目不转睛地盯着某个空间，此时他的目光会更加黯淡，显露出某种压抑的神情。

只剩下视觉和触觉，失去了其他五官功能的残废，是个生来就不喜好读书的莽夫。而大脑受冲击变愚钝后，更是彻底告别了文字，现在只是和动物一样，除了本能的欲望，得不到任何慰藉了。但是，在这宛如暗黑地狱般混沌不堪的生活中，曾经是正常人时被灌输的军队式伦理观，有时会突然在他迟钝的脑袋里一闪而过，这种伦理观与成了残废后变得极其敏感的情欲在他心中产生了冲突，他的眼里才会潜藏了让人无法捉摸的苦闷之色。时子是这样理解的。

时子并不讨厌看到这柔弱无力者眼里浮现的惴惴不安的悲苦眼神。她虽很爱哭，却不知为何特别喜欢欺负弱者。而且，这个可怜的残废眼中的苦闷甚至会给她带来乐此不疲的刺激。此刻也是如此，她不但不去抚慰对方的心情，反而以强迫之势，开始挑衅那个残废已变得异常敏感的情欲。

　　　　　*　　*　　*

　　时子被一个极其可怕的噩梦魇住，大叫一声吓醒了，出了一身的汗。

　　枕边油灯的灯盏里缭绕着形状怪异的油烟，纤细的灯芯发出嗞嗞嗞的响声。房间里的天花板和墙壁看上去是迷蒙而古怪的橙色，身旁睡着的丈夫脸上的疤痕，在灯影下仍旧泛着油亮亮的橙色的光。虽然不可能听到时子刚才的叫声，他却猛地睁开双眼，直盯盯地望着天花板。她瞥了一眼桌上的闹钟，刚过一点。

　　时子醒来后立刻感到身体有些不适，恐怕那就是做噩梦的缘由。但在她睡眼惺忪，还没有清晰地感知到身体不适前，她觉得哪里不太对劲，突然，眼前浮现出如梦似幻的异常的游戏情景，如刚才经历的那样。有个骨碌碌转动的活陀螺般的肉块，还有一个肥胖丰腴的三十岁女人让人不忍直视的肉体，他们犹如一幅地狱画卷般纠缠在一起。这是多么恶心、多么丑恶啊！但是，这种恶心和丑恶比其他任何东西都更加刺激她的性欲，甚至如毒品一般，有着麻痹她的神经的力量，这是她活了三十多年想都没想过的。

　　"啊……啊……"

　　时子一动不动地将双臂拢在胸前，望着身边快要坏掉的人偶似的丈夫，发出一种不知是哀叹还是呻吟的声音。

　　此时，她才明白为什么会感到身子不爽快了。随后，她一边想着

"好像比平时快了些"，一边离开被窝，走下楼梯。

再次回到被子里后，她看了看丈夫的脸，他仍旧没有转向她，还是出神地凝视着天花板。

"又在想事了。"

一个除了眼睛没有其他器官可以表达意愿的人，这样一直死盯着一个地方的模样，在这午夜时分，突然让她感到恐怖。他虽然头脑变迟钝了，但在残废到极点的人的脑袋里，或许有着与她不同的别样世界。他说不定现在就在另一个世界里游荡呢，一想到这些，她不禁倒抽一口冷气。

她完全清醒了，没有一点儿睡意。脑袋里嗡嗡的，仿佛有火焰在燃烧打转。然后，各种各样的想象走马灯似的时隐时现，其中交织着让她的生活变得面目全非的三年前发生的事情。

接到丈夫负了伤、要送回内地的通知时，她首先想到的是，丈夫没死在战场上真是万幸。那时还有些交往的军人同僚的夫人们甚至羡慕地说："你可真幸福啊。"不久，报纸上大量宣传报道了丈夫的赫赫战功。时子虽然知道他的伤情相当严重，却万万没想到竟是这般程度。

到卫戍医院去见丈夫时的情景，她恐怕一辈子都忘不掉。洁白的被单里露出丈夫伤痕累累的脸，漠然地望向她。她的丈夫因为受伤失聪了，发声功能也出现障碍，连话也说不了，在听到医生用难懂的医学用语告诉她这些时，她眼睛开始发红，不停地擤鼻子。殊不知，随后还有更恐怖的一幕等待着她。

医生虽然很严肃，却也露出怜悯的表情，一边说着"可别吓到啊"，一边轻轻地掀起白被单来给她看。她的丈夫如同噩梦里的怪物那样，原本应有胳膊和腿的地方全都空空如也，只剩下被绷带绑得浑圆的躯干可怕地躺着那里，就像一个放倒在床上的没有生命的石膏胸像雕塑。

她只觉得天旋地转，一阵眩晕，腿一软跪倒在了床腿边。

直到医生和护士将她带到别的房间，她才悲从中来，顾不得有人在旁边，号啕大哭起来。她趴在一张脏兮兮的桌子上哭了好久好久。

"这可真是个奇迹啊。失去了双臂和双腿的伤员不止须永中尉一人，可是其他人都没能保住性命。简直是个奇迹！这都要归功于军医正大夫和北村博士的惊人医术啊。恐怕在任何国家的卫戍医院里，这都是前所未有的。"

医生在哭泣的时子耳边安慰似的说了这些话。"奇迹"这个不知让人是喜是悲的词被重复了好多遍。

不用说，报纸上除了夸张地报道须永中尉的丰功伟绩，也大篇幅报道了这一外科医疗技术的奇迹。

恍如梦境的半年时间过去了，在长官和军人同僚的陪护下，须永这具活着的"尸骸"被运回了家，几乎同时，作为对他失去四肢的补偿，他被授予了军功五级金鸱勋章①。在时子为照顾残废整天以泪洗

---

① 金鸱勋章：日本给军人授予的勋章，分七个等级。

面时，国人都在兴高采烈地庆祝军队凯旋。她家也受到了来自亲戚朋友和城里居民的雨点般的赞誉。

不久，只靠着微薄年金艰难度日的夫妻二人，接受了之前的长官鹫尾少将的好意，免费借住在他家宅院的偏房里。也许是退隐乡间的缘故，那之后的生活一下子变得寂寥了。庆祝凯旋的热潮告一段落后，世间也回归了平静，没有人像从前那样来看望他们了。随着时间的流逝，打了胜仗的兴奋渐渐冷却下来，对战功卓著者的感谢之情也日趋淡漠。人们已经不再提起须永中尉的事了。

丈夫的亲戚们也几乎不踏足她家了，可能是害怕看到这个残废的样子，也可能是不愿意提供物质援助。她这边又无父无母，兄弟姐妹都是薄情之人，可悲的残废和他贞洁的妻子就像与世隔绝了一般，孤苦无依地苟活在乡下的一座小房子里。那个房子二层的六铺席大的房间就是他们唯一的世界。而且，其中一人还是个又聋又哑、起居完全不能自理的"泥偶人"。

残废就像是另一个世界的人类突然被抛到了这个世界一样，面对着截然不同的生活方式不知所措。即便恢复了健康，有一段时期他也是整天面无表情地仰面躺着，不然就是不分白天黑夜地迷迷糊糊地睡觉。

当时子想到用嘴叼着铅笔来写字交谈的主意时，残废最先写下的是"报纸"和"勋章"两个词。"报纸"指的是长篇报道他的卓越功勋的战争期间的有关剪报，而"勋章"无须赘言，指的就是那枚金鸥勋章了。当他恢复意识后，鸢尾少将最先给他看的就是这两样东西，残废还记得清清楚楚。

在那之后，残废也经常写下同样的词，要求看这两样东西，时子就把它们拿到他面前，他会久久地瞧着。在他反反复复阅读报纸时，时子忍受着手臂逐渐发麻的感觉，颇感好笑地瞧着丈夫满足的眼神。

但是，比她对"名誉"不屑一顾晚一些时候，残废貌似也对"名誉"感到腻烦了，他不再像从前那样要求看那两样东西了。这样一来，只剩下了因身患残疾而有些病态的强烈的肉体欲望。他仿佛处于恢复期的肠胃病人那样食欲旺盛，且不分昼夜地贪求她的肉体。时子不同意时，他就化作巨大的肉陀螺，狂躁地在榻榻米上旋转。

最初一段时间，时子对此感到很害怕，也很厌恶，但随着时间流逝，她也慢慢沦落成了沉迷于肉欲的饿鬼。对于幽居在一栋荒野小屋里、对未来失去希望的这对愚昧无知的男女来说，这就是生活的全部。恰似终生圈养在动物园笼中的两头野兽。

正因如此，时子把自己的丈夫当成一个可以随心所欲玩弄的大玩具也是理所当然的。而且，被残废那不知廉耻的行为同化的时子，原本就比正常人身体健壮，如今变得索求无度，以至于让残废都吃不消也不奇怪了。

她常常担心自己会变成疯子，一想到自己的身体里竟然潜藏着这等可耻的欲望，就不禁浑身颤抖。

既不能说话，又听不见她说话，连动都动不了的这个怪异而悲惨的工具绝不是用木头或泥土做的，而是具有喜怒哀乐的活物，这一点具有了无穷的魅力。唯一的情感表达器官——那双水汪汪的大眼睛，对她无休止的要求时而显露出悲伤，时而表达着愤怒。而且，无论多么悲伤，除了默默流泪别无他法；无论多么愤怒，也没有臂力震慑她，最终他也经受不住她强势的诱惑，一同陷入了畸形而变态的兴奋之中。她对这瘫软无力的活物肆意地百般折磨，甚至因此感到无以复加的愉悦。

*　　*　　*

在时子紧闭的双眼里，三年来的种种事情中，只有那些零零碎碎的激情片段接二连三地重叠着出现又消失。这些片段鲜明地在眼睑内如电影镜头一样忽隐忽现，每当她的身体出现异常，必定会伴随这一现象。并且，这一现象出现时，她的野性往往会变本加厉，更加肆无忌惮地对可怜的残废施加凌虐，这已是家常便饭了。尽管她自身也意识到这一点，但是体内疯狂涌出的残暴能量，让她的意志毫无招架之力。

她忽然发觉房间里有如被雾霭笼罩一般昏暗，与她的幻象毫无二致。幻象外还有一层幻象，而最外面的幻象正在慢慢消失。这让精神处于亢奋状态的时子感到恐慌，心跳骤然加快。但仔细想想，其实也没什么大不了的。她从被窝里出来，将枕边油灯的灯芯拧了拧。因为睡前拧细的灯芯已经燃尽，火苗快要熄灭了。

房间里立刻亮了起来，但还是稍带些朦胧的橙色，她觉得有点儿奇怪。时子借着光线，瞄了一眼丈夫的睡脸。他丝毫没有改变姿势，依旧注视着天花板的那个地方。

"哎，到底要思考到什么时候啊？"

她虽然感到有几分瘆人，但更觉得可恶至极，这么个怪物似的残废，居然还满腹心事似的独自沉思！于是乎，她感觉身上又开始发痒了，那股子施虐欲又在她体内掀起了狂澜。

她冷不丁跳到丈夫的被子上，猛然抓住对方的肩膀剧烈摇晃起来。

因为来得过于突然，残废吓得浑身一哆嗦，然后用强烈叱责的目光瞪着她。

"生气了？你瞪什么眼睛！"

时子大声吼道，蛮横地跟丈夫叫板。她故意不看对方的眼睛，照例玩起了那套成人游戏。

"生气也没用啊，你就是我的玩物。"

但是，唯有那次，无论她使出什么办法，残废都没有像往常那样妥协。他刚才一直凝望着天花板思考的事，难道就是这事吗？或者只是因为妻子的任性胡为而恼火？他始终睁大双眼，眼珠都快迸出来了，凶巴巴地盯着时子的脸。

"你这么看着我，什么意思！"

她狂叫着将双手捂在对方的眼睛上，然后像个疯子似的不停地大喊："看什么！看什么！"病态的亢奋麻痹了她的感官，就连两只手用了多大的力气都没有意识到。

当她仿佛从梦中惊醒般反应过来时，身下的残废正疯狂地扭动身体，虽然只有躯干，却力大如牛，拼死拼活地扭动着，差点儿把健壮的她掀翻下去。但让人纳闷的是，残废的双眼正喷涌出鲜血，布满伤疤的面部好似煮熟的章鱼通红通红的。

时子突然清醒地意识到发生了什么。在抓狂的状态下，她残忍地将丈夫残存的感知外界的唯一窗口给弄伤了。

但是，该行为绝不能以一时失控作为借口，这一点她心知肚明。最清楚不过的，就是她觉得丈夫能表达情感的双眼，是妨碍他们成为两头安逸野兽的最大阻碍。偶尔在那双眼眸中浮现的所谓道德观念令她感到可恶至极。不仅如此，她总觉得那双眼睛里除了让人憎恶的阻碍，还有别的更诡异可怖的东西。

其实这是在撒谎。难道在她内心深处没有更不同、更恐怖的想法吗？她难道不是想把自己的丈夫变成一个真正的行尸走肉吗？难道不是想把他彻底变成一个肉陀螺吗？难道不是想把他变成一个除了躯干部分的触觉，其他感官功能也都失去的生物吗？难道不是想要完全满足她那欲壑难填的施虐欲吗？因为残废的全身上下唯独眼睛还残存着一点点人的形态，如果留着眼睛，她觉得还是不够完美，总觉得还不算是真正属于她的肉陀螺。

这些想法在时子的脑海里一闪而过。她发出了一声惊叫，扔下剧烈扭动的肉块，跌跌撞撞地跑下楼梯，光着脚冲向了黑暗的屋外。像在噩梦中被恐怖的妖魔追赶一般，她不顾一切地往前跑。出了后门沿着村道往右跑，她知道自己要去的是距离此处三百多米的医生家。

医生在时子百般恳求下终于赶来时，只见肉块仍然和刚才一样疯狂地扭动着。村医听过传闻，但是从未见过实物，因此被残废的骇人身形吓得魂飞魄散，连时子在旁边啰里八唆说的因不小心而导致这起罕见事故的解释都没听进去。他打了止痛针、包扎了伤口后，便飞也似的回去了。

伤者终于不再挣扎时，天已经蒙蒙亮了。

时子摩挲着伤者的胸口，掉下串串泪珠，不停地说着"对不起""对不起"。肉块好像因为受伤而发起烧来，面部红肿，胸口剧烈跳动。

时子一整天不离病人左右，连吃饭都顾不上。她频繁地更换敷在病人额头和胸前的湿毛巾，有时对他念叨些疯疯癫癫的、冗长的、道歉的话，有时用手指在病人胸前反反复复地写"原谅我吧"，因悲伤和罪恶感而忘记了时间的流逝。

到了傍晚，病人的烧退了些，气息也平和下来。时子以为病人的意识已恢复正常，便再次在他胸前的皮肤上一笔一画地写下"原谅我吧"，观察对方的反应。但是肉团没有任何回应。虽说双目失明，但也不是不能通过摇头或者微笑等方式回答她的文字，但是肉块没有一点表示，表情也未变分毫。从气息来看，也不像在睡梦中。难道他连写在皮肤上的字都理解不了了，或是因为愤怒而不予回应？实在无从知晓。他现在只不过是个柔软又温暖的物体而已。

时子凝视着那个无从形容的静止的肉块，不由自主地因发自心底的、从未体验过的恐惧而浑身颤抖起来。

躺在那里的确实是个活着的生物。他五脏六腑一应俱全，然而他看不见东西，听不见声音，说不出一个字。既没有能抓握东西的手，也没有能站立起来的腿。对他来说，这个世界是永远静止的，是持续的沉默，是无止境的黑暗。没有人想象过那是怎样恐怖的世界吧，不知用什么词汇才能比拟住在那里面的人的心情。他一定想要竭尽全力大喊"救救我"吧。光线多么暗淡都没关系，他也想看一眼物体的形状吧；声音多么微弱都不要紧，他也想听一声响动吧。他也想抱住什么东西、想抓住什么东西吧。但是，对他来说无论哪一样，都是痴人说梦。

时子忽然哇地放声大哭，她为自己不可挽回的罪孽和无法得到救赎的悲痛，如孩童一般抽泣着。然后她扔下可怜的丈夫，跑向了鸢尾家，她只想看看活人，看看有着世间正常人模样的人。

鸢尾老少将默不作声地听完她因剧烈的哽咽而含混不清的长篇忏悔后，因太过震惊，半晌说不出话来。

"无论如何，我先去看看须永中尉吧。"

良久，他怅然若失地说道。

已经入夜，家人为老人准备了灯笼。二人各怀心思，沉默不语地穿过昏暗的草地，来到了偏房。

"没有人啊，这是怎么回事？"

走在前头、先上了二楼的老人惊讶地说。

"不会的，就在那张床铺上啊。"

时子快步超过老人，走到丈夫刚刚还躺着的被褥那里一看，果然被窝里空空荡荡的。太不可思议了。

"哎呀……"

她一下子呆住了。

"以他那残缺的身子，不可能离开这个家，在家里找找看吧。"

终于，老少将催促道。二人找遍了楼上楼下的各个角落，可是，哪里都看不到残废的身影，而是发现了一个恐怖的东西。

"呀！这是什么？"

时子注视着刚才残废躺着的枕头边的柱子。柱子上写着几个难以辨认的铅笔字，就像小孩乱写乱画般歪七扭八的。


原谅你。


当时子读出是"原谅你"的时候，她才恍然大悟。原来残废拖着行动不便的身体，用嘴摸索到桌上的铅笔，写下了这三个字，可是这对他来说，要耗费怎样的力气才能做到啊！

"我想他可能自杀了。"

她战战兢兢地望向老人，颤抖着失去血色的嘴唇说道。

鹭尾家接到急报后，下人们都手持灯笼，在主屋和偏房之间长满杂草的院落里集合。

然后他们半夜里分头在院内开始了搜寻。

时子跟在鹭尾老人后面，借着他举着的灯笼发出的淡淡光线，心情慌乱地走着。那根柱子上写的是"原谅你"。一定是对她先前在残废胸前写下的"原谅我"三个字的回答。他是在说："我要死了，但我并没有因为你的所作所为而生气，放心吧。"

这宽厚的胸怀更加刺痛了她的心。她一想到那个四肢俱残的残废并不能正常下楼，只能从楼梯上一阶一阶地滚下去，便因哀伤和恐惧浑身颤抖。

走了一会儿，她突然想到一件事，便悄声对老人说：

"再往前一点儿，有一个旧水井吧？"

"嗯。"

老将军点了下头，就往那边走去。

灯笼发出的光在空旷的黑暗中，只能微微照亮三平方米左右的地方。

"旧水井应该就在这附近。"

鹭尾老人自言自语道，同时把灯笼朝上举了举，想尽量看清远处。

这时，时子突然有种预感，便站住了脚。侧耳倾听，不知从哪里传来了蛇在草丛中爬行时发出的窸窣声。

她和老人几乎同时看到了那一幕。她自不必说，就连老将军也被这超乎寻常的恐怖光景吓到，像被钉住一样站在那里动弹不得。

在灯笼的光亮勉强照到的昏暗处，茂密的杂草丛里有个黢黑的物体正在缓慢地蠕动着。那个东西就像一个怪异的爬行动物，向前探出脑袋，默默地一拱一拱地向前蠕动，用躯干四角的瘤子状的突起物，拼命扒拉着地面，看起来非常焦急，但身体好像不听使唤，只能一点一点往前蹭。

不一会儿，仰起的脑袋倏地低了下去，从视野里消失了。随着一声比刚才稍响的草木摩擦声，他的整个身体头朝下，就像被刺溜刺溜拽进地底似的看不到了。紧接着，从遥远的地下传来了扑通一声沉闷的落水声。

那里有个隐藏在草丛中的旧水井口。二人虽然目睹了整个过程，却没有气力即刻赶过去，仿佛元神出窍一般，久久地站在原地。

最离奇的是，在那失魂落魄的瞬间，时子仿佛忽然看到一个幻象：在暗夜里，一只肉虫顺着一棵树的枯枝爬到树梢，由于身躯过于肥胖笨拙，啪嗒一声坠入了没有尽头的黑暗深渊。

# 阴兽

江 户 川 乱 步 猎 奇 篇

# 一

我常常思考这样一个事情。

侦探小说家分两种类型，一种可称为犯罪类作家，他们只对犯罪感兴趣，即便写推理性的侦探小说，也必定深入挖掘作案者的残忍心理，否则便不能尽兴；另一种则称作侦探类作家，他们精神健全，只对考验智慧的侦探过程抱有兴趣，而对作案者的心理等因素不屑纠结。

我下面要讲述的侦探作家大江春泥就属于前者，我自己应该属于后者。

因此，我虽然是靠写作推理小说为生，但只喜欢侦探的科学性的逻辑推理，所以是个正人君子。不，应该说很少有人像我这般对道德如此敏感。谁承想，我这么个人畜无害的善人，竟然阴差阳错地与此案发生了关联。倘若在道德方面再迟钝一些，或者多少具备些恶人素质的话，我就不至于如此后悔，不必陷入这可怕的怀疑的深渊无法自拔了。不仅如此，说不定现在我正坐拥美妻与丰厚财产，快活地享受着无比滋润的幸福生活呢！

案子了结有些时日了，尽管还有令人恐怖的谜团未能解开，但随着活生生的人事逐渐远去，我开始回顾这个事件了，因而起意写下这篇记录性的文章。虽然我认为，若是把它写成小说，自然会成为非常有看头的小说，可是，即便我能够一直写到最后，也未必有勇气拿去发表。因为作为这份记录重要内容的小山田离奇死亡案件，至今仍清晰地留在世人的记忆中，无论怎样更换名字、加工润色，也不会有人把它看成纯粹的虚构小说。也就是说，在这广阔的人世间，很可能有人因这部小说而受到伤害，如果伤害到别人，我会感到羞愧和不快。其实说实话，我很害怕。不单因为案件本身如白日梦般扑朔迷离，令人不寒而栗，还因为我臆想的案件情景，是连自己都感到不快的恐怖画面。

时至今日，每每念及此事，我仍会感觉万里晴空骤然间乌云密布，耳底仿佛响起咚咚的擂鼓声，只觉得眼前一片昏暗，世界瞬间变得面目全非了。

因此我并不打算马上发表这份记录，但早晚有一天我会以此案为素材，写一本我最擅长的侦探小说。因为这部记录不过是准备写小说的笔记，或是比较详细的备忘录罢了。所以，我找了一本只有正月写了点日记的旧日记本，就当是写一篇长长的日记那样，在空白页写下这篇记录。在记述案件之前，我觉得最好先详细介绍一下该案的主人公侦探作家大江春泥的人品、写作风格，以及他那异乎常人的生活。实际上，这个案件发生前，我和他没有私人间的交往，对他的生活也一无所知，我只是通过他写的作品知道他，还在杂志上与他争论过。案件发生后，我才通过我的朋友本田详细地了解了他。所以关于春泥的事，我觉得以我向本田了解和确认来的事实为基础，按照案件发生的顺序，从我被卷入这个诡异事件的起因写起最为自然。

事情发生在去年秋天的10月中旬。我忽然很想观赏古代佛像，便去了上野的帝室博物馆①。我轻手轻脚地走在昏暗无人的展室里，由于展室宽阔且空无一人，稍微一点儿动静都会造成可怕的回声，所以不但走路要轻，连咳嗽都得忍着。

博物馆除了我，一个人影也没有，不知为何被冷落至此。陈列窗的大玻璃透着寒光，漆布地面上纤尘不染。天花板足有寺院大殿那么高，整个建筑犹如建在水底一般悄无声息，一片岑寂。

当我站在某个展室的陈列柜前，凝神端详古雅的木雕菩萨像那梦幻般的妖娆身姿时，身后传来轻微的脚步声和绸缎摩擦发出的窸窣声，有人一点点接近了我。

我不禁汗毛倒竖，看见面前的玻璃上映出了一个人影。那是一位身着类似黄八丈纹样的夹袄、梳着优雅圆发髻的女子，她的身影恰好与眼前的菩萨像相重叠。过了片刻，女子迈步到我旁边，和我并肩而

---

① 帝室博物馆：东京国立博物馆的旧称。

立，目不转睛地瞧着我正在观赏的那尊佛像。

说来让诸位见笑，我假装在看佛像，却忍不住朝那位女子瞟了几眼。她是那样吸引我。

她虽然面色苍白，却是我从未见过的特别好看的苍白。如果这个世上真有人鱼这种生物，肯定有着和那个女人一样娇艳欲滴的皮肤。她有着古代仕女的瓜子脸，眉毛、鼻子、嘴巴、脖颈和肩膀无不线条纤弱，婷婷袅袅，恰似从前的小说家喜欢形容的那种风情万种的女子，仿佛稍一触碰便会消失得无影无踪。至今，我仍无法忘记当时她长长的睫毛掩映下的迷蒙空灵的眼睛。

谁先开口的，我现在居然想不起来了，多半是我找机会搭讪的。我们对着并肩观看的陈列窗交谈了三言两语，由此开始一起参观了博物馆，然后离开博物馆，从上野的山内走到山下，在这大段时间里，我们边走边兴致勃勃地聊了很多。

跟她聊天后，我发觉她的美增添了妩媚的风韵。尤其是微笑的时候，她那略显羞涩、弱不禁风的美，恍如古老油画里的圣女像，又恍若神秘微笑的蒙娜丽莎，我被某种妙不可言的感觉击中了。她的虎牙雪白而饱满，微笑时嘴唇触碰到那对虎牙，会呈现谜一样的曲线，右脸颊苍白的皮肤上有一颗大黑痣，恰与那曲线相映衬，形成十分温柔婉约的表情。

但是，倘若我没有发现她脖颈上的奇怪疤痕，她就只不过是一位优雅而柔弱、一触碰便会消失的美女，不会强烈地吸引我。

尽管她巧妙地收拢领口，很自然地遮盖了那个地方，但从上野的山内往下走的时候，我还是瞥见了一眼。

　　她的脖颈上有一条红色胎记模样的粗粗的疤痕，似乎长达后背。看似天生的胎记，又不像胎记，像是最近新添的伤痕。在苍白平滑的皮肤上，在好看的纤细脖颈上，这道黑红色毛线样的疤痕，其残忍的情状竟产生了不可思议的性感。看到这疤痕，刚才那如梦幻一般的美，立刻伴随着活生生的真实感向我袭来。

　　聊天中得知她是某合资会社碌碌商会的出资会员、实业家小山田六郎的夫人小山田静子。幸运的是，她特别爱看侦探小说，尤其喜欢我的作品，经常捧读（当时听她这么一说，我高兴得浑身颤抖），通过这层作者与铁杆读者的关系，我们非常自然地亲近起来，我也不用品尝与这个美女就此永别的惜别滋味了。我们以此为机缘，渐渐成为经常书信往来的朋友。

　　一个年轻女子却喜欢来博物馆这种没有人气的地方，我很欣赏静子的古雅情趣，而且，她爱看被称为侦探小说中最有逻辑性的我的作品，更加深了我的好感。因此我彻底沦陷了，频频给她写一些无意义的信，她总是郑重地一一回复，信中充满女性的温柔。独身一人且性格孤僻的我，能拥有这样一位品位不凡的红颜知己，实在是大喜过望！

# 二

就这样，小山田静子和我持续了数月的信件交往。

在这段时间里，我尽量不露痕迹地在我的信里加入了一些意味深长的话，也许是我多想，我觉得静子的信也超越了一般的寒暄，虽说十分谨慎，但字里行间渐渐添加了温暖的情愫。

说实在的，不怕各位笑话，我煞费苦心，从话里话外了解到了静子的夫君小山田六郎的信息。他不但年纪比静子大了许多，看上去还比实际年龄老得多，也完全谢了顶。

可是，到了今年2月份，静子的信变得奇怪起来，她好像特别惧怕什么似的。她在一封信里这样写道：

"最近发生了一件让人忧心的事情，夜里睡觉总是突然惊醒。"

虽然是短短几句，但透过那几句话，可以清晰地看见她因恐惧而战栗的样子。

有一次，她在来信里这样写道：

"先生与同为侦探作家的大江春泥先生或许是朋友吧？您要是知道那位先生的住处，可以告诉我吗？"

我对大江春泥的作品当然很熟悉，但是春泥这个人非常讨厌与人交往，就连作家聚会等场合也从不出席，因此我和他并无私交。而且，听说他从去年下半年开始突然封笔，还搬了家，住址也无人知晓。我这样回复了静子，可一想到她近来的恐惧与那位大江春泥有关，便不由得心生厌恶，其缘由我下面会交代。

过了不久，静子寄来了明信片：

"我有事想跟先生商量，可以冒昧地去拜访您吗？"

我对她说的"商量"的内容虽隐约有所觉察，但根本想不到是那般恐怖的事情，竟愚不可及地欢喜不已，兴奋得坐立不安，还肆意想象起了与她第二次相见的快乐情景。

我回复了"欢迎光临寒舍"之后，她便于当天来访了。谁知，我到玄关去迎接时，静子竟是一副无精打采的样子，令我大为失望，而她要"商量"的更是异乎寻常之事，使我之前的种种想象都一扫而空。

"我实在不知怎么办才来拜访先生的。我觉得，只有先生能够倾听我的诉说……只是和先生刚认识不久，便这样前来叨扰，不知是不是太冒昧了。"

当时，静子忽然朝我抬起头，幽幽一笑，露出醒目的虎牙，与那颗黑痣交相辉映。

正值寒冬时分，我的书桌旁边放着紫檀长火盆，她端坐在火盆对面，伸出双手靠着火盆边缘。她的手指仿佛象征了她的全身，玉指芊芊，却并不干瘦；肤色白皙，却绝非不健康；似一握便会消失般绵软，却有种说不出的弹性。不仅手指，她整个人都给我这种感觉。

看她愁眉不展的样子，我也跟着严肃起来："只要是我能办到的……"

"这件事真是太吓人了。"她以这句话开头，连同她幼年时代的经历，给我讲述了下面这件非同寻常的事。

静子所说的身世，简单概括就是：她的家乡是静冈县，她从当地的女校毕业之前，生活一直非常幸福。

要说唯一不幸的事，就是她上女校四年级时，在一个名叫平田一郎的青年花言巧语的追求下，和他交往了很短的一段时间。

之所以说不幸，是因为她只是在十八岁情窦初开的年纪，学着别人谈情说爱而已，并非真心喜欢平田一郎。然而，虽然她不是真情投入，对方却是认真的。

她想要躲避苦苦纠缠的平田一郎，可她越是躲避，对方越是穷追不舍。最终发展到每天深夜，她家院墙外总有个人影在徘徊，邮箱里还收到了可怕的恐吓信。十八岁的姑娘被自己的任性招致的报应吓得瑟瑟发抖，父母察觉到女儿六神无主的样子也非常心疼。

就在此时，她家遭遇了大变故，这对静子来说其实是不幸中的万幸。当时经济动荡，她的父亲因经营亏损，无法偿还高额欠债，只得关掉买卖连夜逃走，靠着在彦根的一个稍有交情的熟人帮忙，隐姓埋名地躲了起来。

这始料不及的变故让静子从女校中途退学，不过，因祸得福，她也因突然搬家而摆脱了平田一郎的可怕纠缠，终于松了一口气。

她的父亲受此打击一病不起，没多久便去世了，之后静子和母亲过了一段捉襟见肘的苦日子。好在这种日子并没有持续太久，在她们躲藏的村子里，有一位叫小山田的实业家出现在母女二人面前，成了她们的救命菩萨。

小山田偶然见到静子后，便对她一往情深，托人向她求婚。静子对小山田也不讨厌，虽说小山田年长她十岁，但他潇洒的绅士风度令她颇为仰慕，于是这门亲事顺利进展下去。婚后，小山田带着新娘静子和丈母娘一起回到了东京的宅邸。

一晃七年过去了。他们婚后的第三年，静子的母亲因病去世，不久，小山田被公司派往海外，旅居了两年左右（前年年底才回国，这两年间，静子每日去修习茶道、花道、音乐等，聊以抚慰独守空房的寂寞）。除此之外，这家人一直平安无事，夫妻琴瑟和谐，过着幸福美满的生活。

丈夫小山田是一个勤劳肯干的人，七年间家庭财富迅速积累，如今在同行之中已经建立起无可撼动的地位。

"说来实在难以启齿，结婚时，我对小山田撒了谎，没有把我和平田一郎交往过的事告诉他。"

静子因羞耻和悲伤，低垂着长长的睫毛，含着泪水轻声细语地诉说着。

"小山田不知从哪里听说了平田一郎这个名字，好像有些怀疑我和他的关系，我一口咬定除了小山田，没有交往过其他男人，竭力将与平田的关系隐瞒了下来。这个谎言一直持续到今天，小山田越是怀疑我，我就越拼命地遮掩。

"天晓得不幸会躲藏在何处，真是思之极恐！七年前的谎言并无恶意，万万没想到，它会在今天变成如此可怕的模样来折磨我。我早已把平田忘得一干二净了，所以突然收到来信，看到寄信人的名字平田一郎时，我竟然半天没有想起来是谁，当真是把这个人忘掉了。"

静子说着，给我看了那个平田寄来的几封信。后来，她托我保管这些信件，所以现在还在我这里，为了便于讲述事情的来龙去脉，我在这里引用一下第一封信。


静子小姐，我终于找到你了。你还没有发现我，可我从碰到你的地方就开始跟踪你，所以知道了你家的住址，也知道了你现在姓小山田。

你不至于忘掉平田一郎是谁了吧？你应该还记得我是个多么讨厌的家伙吧？

我被你抛弃后是多么痛苦，你这么薄情，怎会明白？我痛苦难耐，不知道多少次深夜在你家周围徘徊。可是，我的热情越热烈，你却越冷漠。你躲避我，害怕我，最后甚至憎恨我。

你能够理解被恋人憎恨的男人的心情吗？我的痛苦变成了哀叹，哀叹变成了仇恨，仇恨凝结成了复仇之念，这不是顺理成章的吗？

你趁家庭变故之机，连一声道别也没有，便逃也似的从我眼前消失了。那时，我一连几天茶饭不思，万念俱灰，枯坐书斋。我发誓要复仇！

那时我还年轻，不知该如何去探查你的行踪。你的父亲为躲避讨债的债主，不告诉任何人去向，带着家人一走了之。我不知何时还能再见到你，但我知道一生的时间很漫长，我不相信在漫长的一生中都找不到你。

我很贫穷，为了活着不得不工作。这也是妨碍我持续寻找你的原因之一。一年，两年，岁月如梭，我一直在与贫困进行着搏斗。生活的艰辛让我不知不觉忘记了对你的仇恨，我为吃饱饭而拼尽了全力。

没想到，大约三年前，好运从天而降。以往无论做什么，我总是以失败告终，就在万念俱灰时，我写了一篇小说聊以自慰。谁承想，这小说成为我人生的转机，从那以后我能够靠小说养活自己了。

你现在仍喜欢读小说，那么想必知道大江春泥这个侦探小说家。他已经有一年没有发表作品了，但世人不会忘记他的名字。这位大江春泥就是在下。

你不会以为我只顾追求小说家的虚名，将对你的仇恨抛于脑后了吧？不会的，不会的。我之所以写那些血腥的小说，恰恰是因为我内心埋藏着深仇大恨。那猜疑心，那执念，那残忍，都是出自我执拗的复仇之心。读者如果知道了，恐怕会因书中笼罩的妖气而止不住地战栗吧！

静子小姐，我现在已经有了安定的生活，只要钱财和时间允许，我就竭尽全力地寻找你。当然，我并没有奢望挽回你的爱。我已经有了妻室，是为了方便生活而娶的形式上的妻子。但是，对我而言，恋人和妻子完全是两码事，就是说，即便娶了妻子，我也不会忘记对恋人的怨恨。

静子小姐，我终于找到你了。

我高兴得浑身颤抖。多年来的努力终于如愿以偿，很长一段时间，我怀着与构思小说情节同样的喜悦，思索报复你的手段。我想出了最能够折磨你、让你恐惧的手段，终于到了可以实行这一计划的时候了。请你想象一下我内心的狂喜吧！你希望依靠警察及其他保护措施阻碍我的计划，这是办不到的，我已经做好了万全的准备。

这一年来，报社记者、杂志记者都在疯传我去向不明。

我这样做并不是为了向你复仇，而是出于我的孤僻性格和不喜欢曝光的韬晦之策，不过，这反而助了我一臂之力。我可以更巧妙地从世间消失，而且，能够更顺利地推进对你的复仇计划。

你一定很想知道我的计划是什么。可是，我现在还不能泄露全盘计划，因为恐怖只有在步步逼近时才更有效。

不过，你如果还是想知道，我也不妨将我的复仇计划透露一二。例如三天前，即1月31日夜晚，你在家中发生的所有事情，我都能分毫不差地讲给你听。

下午7点到7点30分，你靠在家里卧室的矮桌上看小说，看的是广津柳浪的短篇集《变目传》，你只读了其中的《变目传》。

7点30分到7点40分，你让女佣端来茶点，你吃了两个风月红豆饼，喝了三杯茶。

7点40分，你起身如厕，约五分钟后回了房间，然后直到9点10分左右，你都一边编织一边思考着什么。

9点10分，你丈夫回家。9点20分至10点前后，你陪着丈夫小酌、聊天。当时你丈夫向你劝酒，你喝了半杯葡萄酒。那瓶葡萄酒是新开瓶的，木塞碎片掉进瓶内，你用手指捏了出来。晚酌之后，你命女佣铺好你们的床铺，你二人如厕后便睡下了。

直到11点，你们都没有睡着，你重新在床铺上躺下时，你家慢了一点儿的座钟报时11点。

看到这些如同火车时刻表一样精确的记录，想必你十分恐惧吧。


此致

夺走我终生爱情的女子

复仇者敬上
2月3日深夜


"我很早就知道大江春泥这个名字，但是，我根本不知道这是平田一郎的笔名。"静子很厌恶地说道。

实际上知道大江春泥真名的人，在我们作家中也没几个。若是没有看到其作品版权页上的作者介绍，或是听经常来我家的本田提及他的真名，恐怕连我也不会知道平田这个名字。他就是这样一个厌恶社交、不爱抛头露面的人。

平田的恐吓信除了这封还有三封，内容大同小异（邮戳来自不同的邮局），都是先来一段复仇的诅咒，之后详细记录那天晚上静子的行为举止，巨细无遗，并注明准确的时间，基本上都是这一套。尤其是关于她的闺房秘事，都描写得细致入微，历历如在眼前，即便是令人脸红心跳的亲昵情话，他也冷酷地描述出来。

不难想象，静子把这样的信拿给别人看，需要承受怎样的羞耻和痛苦，而她忍受这些来找我商量，也是思虑再三迫不得已。同时一方面说明对于过去的秘密，即她结婚以前已经不是处女这件事，她多么害怕丈夫六郎知道；另一方面，也证明了她对于我是多么信赖有加。

"除了丈夫的亲戚，我没有一个亲人，也没有可以商量这种事的好友。明知非常冒昧，但是我想，如果跟先生商量的话，您一定会告诉我该怎么办。"

听她这么一说，想到这位美女对我如此信赖，我不禁激动得心跳加速。我和大江春泥同为侦探作家，而且至少在小说方面我是十分擅长推理的作家，这无疑是她选择跟我商量的部分原因，即便如此，她若非对我抱有相当的信赖和好感，是不会找我倾诉这种隐私的。

不用说，我答应了静子的请托，承诺助她一臂之力。大江春泥对静子的日常生活了如指掌，只能说明他收买了小山田家的用人，或者自己潜入宅子隐藏在静子身边，或者其他类似的恶毒行径。从春泥一贯的做法推断，他是有可能做出这种卑鄙之事的人。

出于这一考虑，我询问静子有没有察觉到什么异常，奇怪的是，她丝毫没有察觉异常的迹象。用人都是长年吃住在府内的知根知底的人，丈夫又非常严谨，极其重视宅邸的大门和围墙的防范，春泥即便潜入了宅子，也几乎不可能逃过用人的眼睛，接近最里面的静子。

说实话，我看不起大江春泥的行动力，充其量是个侦探小说家，能有多大本事呢？顶多写写拿手的信件来吓唬静子罢了，根本不可能做出超出这个范围的恶毒举动，所以我根本没把他放在眼里。

虽然他能了解到静子的日常起居这一点颇令人费解，但这也是他最拿手的，估计是凭借其魔术师般的机智，轻松地从谁的嘴里打听出来的。我觉得没什么大不了的，于是用这些想法安慰静子，为了便于行事，我还信誓旦旦地对静子保证，说我会找到大江春泥的住处，可以的话，说服他停止这类无聊透顶的恶作剧，然后就让静子先回去了。

对于大江春泥的恐吓信，我没有进行无端猜测，而是竭力用温柔的话语安抚静子。对我来说，自然这样更愉快。临分手时，我对她说："这件事还是不要告诉你丈夫为好。这不是多大的事，用不着向他坦白你的秘密。"

我当时一心只想尽可能延长和她分享连她丈夫都不知道的秘密的时间，真是愚蠢。

无论如何，我确实打算去寻找大江春泥的住所。从很早以前，我就特别不喜欢和我秉性完全相反的春泥。他总是用如女人的猜忌般疑神疑鬼的唠叨去博取变态读者的喝彩，还以此为荣，让我气不打一处来。因此，顺利的话我还能揭露他阴险的违法行为，让他颜面扫地。但我没有料到，寻找大江春泥的行踪竟是困难重重。

## 三

正如大江春泥在信中所说，他就是四年前在文坛异军突起的侦探小说家。

在当时几乎没有本土侦探小说的日本文坛，他的处女作一发表，就因其独辟蹊径而博得了空前的喝彩。夸张一点儿说，他一跃成为文坛的宠儿。

尽管作品不算多，他却在各种报纸、杂志上不断发表新的小说。他的小说都充斥着血腥、阴险和邪恶，是读了让人浑身起鸡皮疙瘩、令人作呕的东西。不过，这反而对读者有极大的吸引力，使他的人气长盛不衰。

我几乎和他同时出道，原本写面向青少年的小说，后来改写侦探小说，并在鲜有人涉足的侦探小说界有了相当的知名度。大江春泥和我的创作风格可谓南辕北辙。

他的特点是晦暗病态、絮絮叨叨，与他相反，我的作品开朗健康，合乎常情。于是乎，我和他渐渐发展出相互竞争的微妙态势，甚至互相贬低对方的作品。

让我窝火的是，大多是我贬低他，春泥虽偶尔反驳，但大抵上以超然之态保持沉默，然后接二连三地发表恐怖的作品。

我虽然竭力贬低他，但也不由自主地为他作品中笼罩的某种妖气所震慑。他有着不可名状的鬼火般的热情，作品中深不可测的魅力俘获了读者的心。如果这来源于他信里所说的对静子深入骨髓的怨恨，也说得通。

说实话，每当他的作品受到吹捧，我内心便涌起莫名的嫉妒，甚至对他抱有孩子气的敌意。无论如何也要打败他的渴望一直盘踞在我的心底。

可是，从大约一年前开始，他突然不写小说，整个人都消失不见了。这并非因为人气衰退，因为连杂志记者也在四处打探他的行踪。可是不知什么缘故，他从此去向不明。虽说很讨厌他，可他一旦不在，我反而觉得有些空落落的。用孩子气的说法就是，因失去了非常好的对手而感觉不过瘾。

万万没想到，这位大江春泥的近况消息，而且是极其古怪的信息，竟然是小山田静子带给我的。说来不怕您笑话，在如此奇妙的情况下，与昔日的竞争对手重聚，居然让我心中窃喜不已。

然而，大江春泥想将倾注于侦探情节的想象付诸实际行动，想来或许也是顺理成章的。

对此估计大多数人是知道的，正如某人所说，他是一个"想象犯罪生活者"。他怀着与杀人魔鬼喜欢杀人一样的嗜好和激情，在稿纸上书写着血腥的犯罪生活。

他的读者对他小说里缭绕的鬼魅之气一定记忆犹新，他的作品中总是充斥着猜疑心、隐私癖、残忍性。他甚至在某小说中写过这样可怕的一段话：

> 终于，仅仅写小说已经不能让他满足的时刻要来了。他对于世间的无聊平庸厌倦透顶，只好将他的变态想象诉诸笔端，聊以自乐，此乃他开始写作的动机。可是，如今连写小说都令他感到厌烦了。那么，下一步他该去哪里寻求更强烈的刺激呢？犯罪，啊，留给他的只有犯罪了。在尝试过一切方式的他面前，只剩下世上最甜美的犯罪的战栗了。

他作为一名作家，在日常生活中也是极为特立独行的。他的孤僻和隐私癖在作家同行和杂志记者之间无人不知。极少有来访者能够进入他的书房，无论是多么德高望重的前辈，都会被他无所顾忌地拒之门外。而且，他总是不断地搬家，几乎一年到头托病在床，连作家聚会等也从不露面。据传言，他白天黑夜都不离床榻，吃饭也好，写作也罢，一切都在床上完成。甚至大白天也紧闭着遮雨板，开着五瓦的电灯，在昏暗的房间里描绘他独有的令人头皮发麻的情节，如蛆虫般地活着。

听闻他不再写小说，并且去向不明时，我暗自揣测，说不定他已经像他在小说里常写的那样，在浅草一带脏乱不堪的巷子里蜗居，开始实行他的妄想了。果不其然，后来没过半年，他就以不折不扣的妄想实践者的姿态出现在我的面前。

我觉得要想探查春泥的行踪，向报社的文艺部或杂志社的外勤记者了解是个捷径。可问题是，春泥的日常行踪非常与众不同，极少接待拜访者，而且杂志社已经打探过一遍，所以必须找到和他特别有交情的记者才行。幸运的是，在我熟识的杂志记者中，恰巧有一位完全符合要求。此人名叫本田，是在这个行当以行事干练著称的博文馆的外勤记者。他曾有段时间专门负责联系春泥，向他约稿，不仅如此，作为外勤记者，他的侦探手腕也十分了得。

于是，我打电话约本田来我家见面。他一来我就向他打听我不了解的春泥的生活情况，果然，本田就像称呼哥们儿似的，笑眯眯地痛快回答了我的问题。

"你问春泥吗？那家伙是个混蛋。"

据本田介绍，春泥开始写小说时，租住在池袋郊外的小房间里，后来有了些名气，收入日渐增加，住得也越来越宽敞（不过大抵是平房），到处搬来搬去。例如牛込的喜久井町、根岸、谷中初音町、日暮里金杉等，本田一口气列举了春泥在两年间搬过的七个住处。

搬到根岸之后，春泥终于大火，杂志记者蜂拥而至，他的孤僻性格从那时也开始显现出来，平日总是家门紧闭，连老婆都是从后门出入。

即便登门造访也会吃闭门羹，被告知不在家，之后会收到他寄来的"我不愿见人，有事请书信告知"的致歉信。所以，一般的记者便望而却步，和春泥交谈过的人屈指可数。即使是对小说家的怪癖习以为常的杂志记者也对春泥的孤僻束手无策。

不过，就像多数夫妻那样，春泥的妻子可是一位少有的贤内助，本田向春泥约稿和催稿之类，也大多是通过夫人完成的。

不过，要见到夫人也并非易事，他家不但大门紧锁，有时还挂着"病中谢绝会面""旅行中""杂志记者诸君，约稿请一律来函，谢绝会面"等不留情面的留言牌。因此，就连本田都无计可施，经常白跑一趟。

就这样，春泥即便搬家，也不会一一发信通知，都得记者自己根据信件上的地址查出他的去处。

"杂志记者虽说人数不少，可是能和春泥说上话、和他夫人开过玩笑的，恐怕只有我一个。"本田这样炫耀道。

"春泥这个人，看照片相貌堂堂的，本人真是这样吗？"我的好奇心越发强烈起来，这样问道。

"哪里，那张照片怎么看都像是假的。他本人说那是他年轻时的照片，但很值得怀疑。春泥可不是那么有风采的男子，肥头大耳的，大概是不爱运动的关系（因为他整天躺着）。脸上胖得圆滚滚的，皮肤却特别松弛，面无表情，眼睛浑浊无光，就像土左卫门①那样。而且笨嘴拙舌，不爱说话，以至于让人奇怪，这样一个人怎么会写出那么引人入胜的小说。

"你知道宇野浩二的小说《人癫痫》吧？春泥就是那样的男人。一天到晚躺在床上，都躺出褥疮来了，我只见过他两三回，可每回他都是躺在床上跟我说话。据说他会躺在床上吃饭，估计不是空穴来风。

"不过，说来也是怪了。传闻，他虽然不愿见人，一直在床上起居，却时常乔装打扮后到浅草一带去转悠，而且专挑夜间去，活像个窃贼或蝙蝠。我想，这个人大概极端内向，也就是说，他有可能是不愿意让自己肥嘟嘟的身材和丑陋的相貌被人看到才这样做的。随着名气越来越大，他对自己那丑陋的肉体愈加感到羞耻，因此他既不交朋友，也不接待访客，只能偷偷借着夜色在杂沓的街头巷尾徘徊。从春泥的性情和夫人的口风来看，总让人忍不住这么想。"

本田口齿伶俐地描绘着春泥的样貌。最后，他还告诉了我一件非常奇怪的事情。

"不过，寒川先生，就在前几天，我竟然看到了那位去向不明的大江春泥。由于他的样子变化太大，我没敢打招呼，但我保证那就是春泥。"

---

① 土左卫门：江户的相扑力士，他肥胖白皙，酷似溺死者，所以土左卫门常被用来指代溺死者的尸体。

"在哪里？在哪里？"我立即问道。

"在浅草公园。那天我大清早往家走，也可能是宿醉还没醒明白呢！"本田嘿嘿笑着搔着头，"那儿不是有一家叫来来轩的中国饭馆吗？时间太早，路上没什么人。我看见在那个拐角孤零零地站着一个发小广告的胖子，他戴着尖尖的红帽子，身穿小丑服。可能我这么说你不信，那个人正是大江春泥。我吃了一惊，猛然停下脚步，犹豫着要不要跟他打招呼，这时他好像也发现了我，却还是面无表情的样子，向后一转身，快步走进对面的小胡同里去了。我本想追上去，但转念一想，他装扮成那样，这时打招呼反倒挺别扭的，便直接回家了。"

听他讲述大江春泥的怪异生活时，我就像做噩梦一样，心情糟糕起来。听到他在浅草公园戴着尖帽子和小丑服站在街头那里，不知怎么忽然觉得毛骨悚然。

我不清楚他打扮成小丑模样和给静子写恐吓信之间有何因果关联（本田在浅草看到春泥时，好像正是静子第一次收到恐吓信前后），无论如何，我觉得有必要搞清楚。

最后还有一事不能忘，我顺便从静子暂时放在我这儿的恐吓信里，挑出不容易看明白的一页拿给本田看，让他帮我确认一下这到底是不是春泥的笔迹。结果，他不仅断言这是春泥的笔迹，而且声称从形容词用法和假名使用的习惯来看，也是只有春泥才能写出来的文章。因为他曾经模仿春泥的笔迹写过小说，所以很有把握。他还说：

"那种黏黏糊糊的文章，一般人根本学不来的。"

我也很赞成他的意见。因为我看过那几封信后，对于信中散发出来的春泥的独特气味比本田更有体会。

于是，我对本田胡乱编了个理由，拜托他务必设法帮我找到春泥的住处。

"当然可以。包在我身上。"本田向我打了包票。

但我还是不放心，决定亲自前往本田说的春泥住过的上野樱木町三十二番地，到那附近一探究竟。

# 四

第二天，我将正在写的稿子放下，前去樱木町，向街坊四邻的女佣或走街串巷的商贩打听春泥一家的情况，可是除了确认了本田所言非虚，对春泥后来的行踪则一无所获。

那一带大多是小门小户的中产家庭，邻里之间不像住小平房的居民那样爱嚼舌头，只打听到他家没有告知街坊就搬走了。当然他家门口挂的名牌不是大江春泥，所以也没有人知道他是个有名的小说家。就连开着卡车来搬家的是哪家搬运公司也没人知道，我只好悻悻地打道回府。

别无他法，我只能抽出赶稿子的空当，每天给本田打电话询问探查的进展，他也没有什么有价值的线索，五六天一晃就过去了。就在我们四处寻找春泥的时候，春泥也在有条不紊地进行着他的复仇计划。

一天，小山田静子打来电话，说是发生了一件让她特别害怕的事，请我务必去她家一趟。她说丈夫出门了，不大放心的用人也被打发出去了，一时半会儿回不来，专门在家里等我。她好像没有使用自己家的电话，而是特意去打了公用电话。她只说了这些，而且犹犹豫豫欲言又止，话没说完三分钟就到了，又续了一次话费。

静子趁着先生不在家，把用人打发出去，悄悄叫我过去，这样让人想入非非的约见使我有些飘飘然。当然这并不代表什么，我一口答应下来，去了她家所在的浅草山之宿。

小山田家位于商家与商家之间的巷子深处，是一座旧时别墅式样的古香古色的房子。虽然正面看不出来，但屋后可能流淌着一条大河。与别墅的古雅外观极不协调的，是围绕整个宅邸新砌的一圈粗陋的水泥围墙（围墙顶部还插满了防盗玻璃片）和正房后院耸立着的两层小洋楼。这两处新建筑与原来的日式风格很不搭调，散发出一股拜金的铜臭气。

递上名片后，一个乡下人模样的小女佣把我引到了小洋楼的客厅里，静子已经愁绪万端地等在那里了。她对请我过来一再表示歉意，然后不知何故忽然压低声音说"您先看看这个"，拿出了一封信递给我。然后，不知在害怕什么，她边回头看，边往我身边靠过来。这封信仍然是大江春泥寄来的，内容与之前的信不大一样，所以将其全文摘录如下：

　　静子，你痛苦不堪的模样仿佛近在眼前。你瞒着丈夫在煞费苦心地探听我的行踪的事，我也了如指掌。不过，你这是白费工夫，还是打住吧。即便你有勇气将我威胁你的事告诉你丈夫，就算报了警，也不可能找到我的。我是一个思虑多么周密的人，看看我过去的作品就知道了。

看来，我的试探也该到此为止了。我的复仇事业似乎该进入第二阶段了。

对此，我必须先给你一点点提示。我为什么能够那么准确地知晓你每天晚上的行为呢？你大概也能猜到，自从发现了你，我就像影子一样跟随在你身边。你根本看不到我，我却无时无刻不在监视你的一举一动，无论你外出还是在家。我已经完全变成了你的影子。此刻，你颤抖着阅读这封信的样子，说不定我这个影子就躲在某个角落里眯着眼睛盯着看呢！

正如你所知，每天晚上我在监视你的时候，都不得不目睹你们夫妻的鱼水之欢。我当然嫉妒得发狂。

这是最初制订复仇计划时没有预料到的情况。不过，嫉妒不但不能妨碍我的计划，反而火上浇油，让我心里的复仇之火烧得更旺。而且，我突然发现嫉妒可以让我稍稍改进计划的不足，以便更有利于实现我的目的。

按照起初的计划，我原本打算先百般地折磨你、威吓你，然后慢慢考虑如何夺取你的性命，可是，前几天被迫看到了你们夫妻颠鸾倒凤的情景之后，我改了主意，在杀死你之前，先在你面前夺取你心爱的丈夫的性命，让你充分品尝到悲痛之苦后再弄死你，这样不是效果更好吗？所以我就这样决定了。

你也不必惊慌失措，我向来是从容不迫的。何况看了这封信的你，在尚未充分感受到痛苦煎熬前便进入下一个步骤，未免太不划算了。


此致
静子小姐

复仇鬼敬上

3月16日深夜


我看完这封极尽残忍刻薄的信后，不由得浑身一激灵，对大江春泥这个混蛋的憎恨之心又增添了数倍。

可是，倘若我也表现出恐惧的话，谁来安慰被吓得魂不附体的静子呢？我只能强作平静，反复安慰她，说这封恐吓信不过是小说家的妄想罢了。

"请先生说话声音小一点儿。"

我苦口婆心地劝慰静子时，她有些心不在焉，好像被其他什么事吸引了注意力，时不时就盯住一个地方侧耳细听，而且像害怕有人在偷听似的压低了声音跟我说话。她的嘴唇没有了血色，几乎和脸色一般苍白。

"先生，我的脑子大概有些不正常了。可是，他说的那些话都是真的吗？"静子自言自语似的嘟囔着莫名其妙的话，看上去就像个精神错乱的人。

"发生什么事了吗？"我也受她影响，紧张地轻声问道。

"其实平田就躲在我家里。"

"藏在哪里？"我不明白她这句话的意思，脑子有点儿蒙。

这时，静子突然站起来，脸色变得煞白，朝我招了下手。我不知怎么也兴奋起来，跟在她后面往外走。她刚走两步，看到我戴着手表，不知为何让我摘下来，把它放回桌子上。然后我们蹑手蹑脚地穿过短短的外廊，走进了日式房子这边的静子的起居室，打开拉门时，静子脸色大变，仿佛那个变态就藏在房间里面似的。

"奇怪，大白天的，那个人怎么会溜进你的家里，你是不是想多了？"我还没说完，她蓦然一惊，打手势让我不要说话，并拉住我的手，走到房间的角落，然后眼睛朝头顶的天花板望去，示意我安静地倾听。

我们在那里面面相觑地站了十分钟左右，一直侧耳倾听。虽然是白天，但由于房间位于宽敞宅邸的最里面，四周静悄悄的，静得连血液在耳底流动的声音都能听到。

"你听到钟表的嘀嗒声了吗？"过了一会儿静子问我，声音小得几乎听不见。

"没有啊，你说的钟表在哪里？"

静子又沉默了，竖着耳朵倾听了片刻，才终于放下心来似的说"好像听不到了"，然后又领着我回到小洋楼的客厅里，紧张兮兮地给我讲起了下面这件匪夷所思的事。


那天她正在房间里做女红，女佣送来一封大江春泥的信。近来，只要看一眼信封，她就知道是大江春泥寄来的。因此她接过信后，感到说不出的厌恶，可是，不打开看会更不安，便提心吊胆地打开信看起来。看到此事会殃及丈夫时，她再也坐不住了，不由自主地站起来走到房间的角落，当她在衣橱跟前站住时，隐约听到头顶上传来轻微的蛴螬虫鸣似的响声。

"起初我以为是耳鸣，可是仔细听了半天后，渐渐听出那不是耳鸣，而是金属摩擦发出的嘀嗒嘀嗒声。"

她认为这只能说明有人藏在天花板上，是那个人戴着的怀表发出的嘀嗒声。

静子猜测，由于自己偶然靠近天花板，加上房间里非常安静，使听觉变得十分敏锐，才会听到天花板里似有若无的金属摩擦声。也可能是其他地方的钟表声，因类似光的反射的原理，让人听起来像是从天花板上传来的，于是，她仔仔细细查看了四周，并没有找到钟表。

静子忽然想起大江春泥信里的那段话："此刻，你颤抖着阅读这封信的样子，说不定我这个影子就躲在某个角落里眯着眼睛盯着看呢！"于是，她注意到天花板恰好有一处稍稍翘起，露出了缝隙，她甚至觉得从缝隙的黑暗中，春泥正眯着眼睛窥视她！

"天花板上的人是平田先生吧？"此时静子突然情绪激动起来，她仿佛要拼死冲向敌阵，泪流满面地朝着天花板里的人喊起话来。

"你把我怎样都没关系，只要能让你出气，我什么都可以做。即便被你杀了，我也丝毫不会怨恨你。只求你放过我的丈夫，我对他撒了谎，还要让他因为我死于非命的话，想来实在太可怕了。求求你，饶了他吧！饶了他吧！"静子虽然声音很小，却是发自内心地哀求着，然而，上面没有任何回音。

突如其来的一阵激动过后，她好像用尽了力气，久久地伫立着。而天花板上仍隐约传来嘀嗒嘀嗒的声音，除此之外没有一点儿动静。阴兽潜伏在黑暗中，屏住呼吸，像个哑巴一样沉默不语。这异乎寻常的寂静，让静子突然陷入了极端的恐惧，她在家中一刻也待不下去了，迅速逃出起居室，不顾一切地跑出了家门。这时她忽然想到了我，便急不可待地跑进电话亭给我打了电话。


我听静子倾诉时，忍不住联想起大江春泥的恐怖小说《天花板上的游戏》。如果静子听到的嘀嗒声不是错觉，真的是春泥隐藏在上面的话，就说明他将自己小说的构思付诸行动了。这的确很符合春泥的行事方式。

正因为看过《天花板上的游戏》，我才不会对静子这番疯言疯语付之一笑，我自己也不禁恐惧起来。我甚至产生了幻觉，仿佛看到戴着红色尖帽子、穿着小丑服的肥胖的大江春泥正躲在阴森森的天花板里嘿嘿冷笑。

# 五

　　我们商量了好久，最后，我决定像《天花板上的游戏》中的业余侦探那样爬上静子家的天花板，查看一下那里有没有人待过的迹象。如果有人待过，便要弄清楚他究竟是从哪里进出的。

　　"那么吓人的地方，怎么能让您上去呢……"静子劝我不要上去，我没有听从。我按照春泥的小说里描述的方式，从壁橱里揭开屋顶的天花板，像电工师傅那样钻进那个洞里去了。恰好宅子里除了刚才接待我的那个少女没有别人，而且那个少女好像正在厨房那边干活，根本不用担心被什么人看到。

　　天花板里绝不像春泥小说里写的那么美。

　　虽说是老房子，但静子说年底大扫除时，请清洗工将天花板拆下来彻底清洗过，所以并不是太脏，但是，三个月的工夫也积存了些灰尘，还结了蜘蛛网。关键是里面一片漆黑，什么也看不见，我跟静子借了个手提灯，顺着横梁，费劲地朝着发出响声的方位爬去。那个地方的天花板出现了一条缝隙，大概是清洗导致木板变了形，由于从下面透进了微光，这道微光便成了我的目标。然而，我前进了还不到一米，就有了令人吃惊的发现。

我进入天花板时，觉得这事根本不可能，可事实证明静子的猜想并没有错。无论是房梁上还是天花板上，都清晰地留下了近期有人爬过的痕迹。

我的脊背一阵发冷。只是读过他的小说却未曾与其谋面的毒蜘蛛般的大江春泥，曾经像我现在这样在这个天花板上爬来爬去，想到此，我被一种莫名的战栗攫住。我强作镇定，沿着梁上留下的手印或足印追踪过去。在发出嘀嗒声的地方果然灰尘杂乱，似乎有人在此停留多时。

我全神贯注地追踪起了可能是春泥留下的踪迹，他似乎转遍了整个宅子的天花板，我所到之处，无不看到梁上的痕迹。而且，静子的起居室和他们夫妻寝室的天花板都有缝隙，只有那地方的灰尘格外杂乱。

我学着"天花板上的游戏者"从天花板的缝隙往下面的房间里窥视，发现春泥如此陶醉于偷窥并非没有道理。从天花板缝隙看到的"下界"的光景，实在奇妙无比，超乎想象。尤其是看到下面失魂落魄的静子时，我竟然万分惊讶，没想到人类这种生物，只因观看的角度不同，竟会产生如此大的差异。

由于我们平日都是处于平视的角度，因此无论是多么在意自己形象的人，也没有想过别人从上方看自己是什么样子的。其实这个角度存在着相当的盲区，因为是盲区，人毫无修饰的本真状态便暴露出丑陋的一面。静子光溜溜的圆发髻（从正上方看那圆发髻的形状就很奇怪）前面的刘海儿与发髻之间的低凹处积着一层尘土，和其他干净部位一比显得十分肮脏。从发髻往脖颈后面看去，是和服衣领和后背之间的深谷，由于是从上方看，能看到脊背上的凹处，而且，雪白滑腻的皮肤上赫然趴着那道丑陋的红肿疤痕，疤痕一直延伸到看不见的最深处。从上面看到的静子，尽管稍稍少了些优雅，却平添了她特有的不可思议的性感，令我心动不已。

总之，为了找到能证明大江春泥犯罪的证据，我借着手提灯的光亮，在横梁和天花板上来来回回地查看，可是手印和足迹都不清晰，当然指纹也无法识别。想必大江春泥照搬了《天花板上的游戏》，没有忘记准备袜套和手套。

唯独有一次，我在静子起居室上方，从横梁吊住天花板的支撑横木根部的一个不显眼的地方，发现了一个很小的灰色圆形物。那是用抛光的金属制作的，类似空心的碗形纽扣，表面刻有R·K·BROS·CO的字样。捡到这个东西时，我立刻想起了《天花板上的游戏》里描写的衬衫纽扣。可是，说那个东西是纽扣，又不太像。我猜测是帽子装饰之类的，但不能肯定，拿给静子看，她也没有见过这东西。

当然，我对大江春泥是从哪里潜入天花板的这一点，也进行了缜密的调查。

我顺着灰尘凌乱的痕迹往前爬，最后来到玄关旁边的储物间上方。储物间上面的天花板不够严丝合缝，轻轻一抬就能移动。我踩着扔在那里的一把破椅子，从天花板上下来，从内侧打开储物间的门，那个门没有上锁，轻易地打开了，门外有一面一人多高的水泥墙。

大江春泥大概是瞅准没有人的时候翻过这道墙（前面说过墙头上插满了防盗玻璃片，但是对有预谋的入侵者来说，这等防护毫无用处），然后从这个没上锁的储物间爬上天花板的。

把这些疑问通通搞清楚后，我顿时觉得有些无趣了，颇有些轻视对方，这不就是不良少年都会玩的那种幼稚的恶作剧吗？无来由的恐怖感也消失了，只剩下真实的不快（后来才知道，这样轻视对方实在是大错特错）。

静子无比惧怕，丈夫的生命无可替代，她表示哪怕要公开自己的隐私，也应该报警，可是，由于我轻视了对方，便阻止她报警，安慰她说那家伙不可能像《天花板上的游戏》里描述的那样，做出从天花板滴下毒药的愚蠢把戏来的。就算潜入了天花板，他也不会杀人的。这样吓唬人恰恰是大江春泥的幼稚套路，假装在设计什么犯罪，不正是他惯用的伎俩吗？他充其量是一介小说家，没什么干坏事的行动力。看静子这么害怕，我为了让她安心，还拜托了几个好事的朋友每晚来她家储物间附近的围墙外巡视。

静子说幸好小洋房二楼有客房，她打算找个借口，将他们夫妻的卧室搬到那边去，因为是洋楼的话就无法从天花板窥视了。

　　于是，我们从第二天开始实施这两个防御方法。可是，阴兽大江春泥的可怕魔爪完全无视这种权宜之计，两天后，即3月19日深夜，他果然履行了杀人警告。第一名牺牲者出现了，小山田六郎命丧黄泉。

# 六

大江春泥的信里附上了杀害六郎的警告，其中提到"你也不必惊慌失措，我向来是从容不迫的"，然而，他为何只过了两天，便那么急于行凶杀人呢？这可能是他的一种策略，故意在信里让对方放松警惕，然后突然袭击，但我忽然开始怀疑另有其他的缘由。

静子听到钟表的嘀嗒声，以为春泥藏在天花板上，于是流着泪哀求他放过六郎的命。我听到她告诉我这些时，已然有不祥之感，春泥得知静子这般痴情，自然会更嫉妒，同时意识到自己已经暴露。因此，他恼羞成怒："好吧，既然你那么爱你的丈夫，那还等什么，速速打发他见阎王去吧。"这个暂且不说，被害的小山田六郎，是以极其诡异的状态被人发现的。

我一接到静子的通知，便于当天傍晚赶到小山田家，在那里第一次了解到整个事件的始末。头天晚上，六郎并没有什么异样，比平时稍早下班回家，晚饭喝了点酒之后，说要去河对岸小梅町的朋友家下围棋。那天晚上很暖和，他穿着大岛夹衣，外加盐濑短外褂，没有穿大衣，就信步出了门。那是晚上7点钟左右，由于离得不太远，他像往常一样溜达着绕过吾妻桥，沿着向岛的堤坝继续前行。然后在小梅町的友人家待到12点，又步行离开了那里。到此为止，一切都很清楚，可是，再往后便一概不知了。

静子等了一个晚上，丈夫都没有回来，加上刚收到大江春泥的恐吓预告信不久，静子非常担心。不到早晨，她便给丈夫可能去的所有地方打电话询问，但都说没有见到。当然也给我打了电话，不巧我从前一天晚上就出门了，傍晚才回来，所以对这场变故一无所知。

然后，到了六郎上班的时间，因为他没有在公司露面，公司方面想方设法地四处寻找，也是不知所终。就这样，一直找到快中午，公司的人才接到了象泻警方打来的电话，被告知六郎已死于非命。

顺着吾妻桥的西边，沿雷门的电车站往北走一点儿，下堤坝后，有个往返于吾妻桥和千住大桥的公共汽船码头，那是自一钱蒸汽①时代就闻名的隅田川名胜。我常常闲来无事，乘坐那汽船去言问或白须等处游逛。商人将画本或玩具带上汽船兜售，混合着螺旋桨的吱呀声叫卖着，他们的嗓音就像无声电影解说员般嘶哑，我特别爱听那乡土味浓重的老式叫卖声。汽船的码头浮在隅田川的水面上，形状就像是四方形的船，无论是等候室的长椅还是公用厕所，都建在晃动不定的

---

① 一钱蒸汽：指1885—1942年在东京隅田川定期航行的小型客船。航线自吾妻桥至永代桥，中间划分为七个区间，船费为一区间一钱，因此被称为一钱蒸汽。

浮船上。我使用过那种厕所，知道是什么样子。说是厕所，其实就像是妇女使用的箱子，在木地板上开了个长方形口子，下面相隔一尺左右便是滚滚流淌的河水。

就像火车或船上的厕所那样，不会积存脏东西，干净倒是干净，但一直盯着长方形开口看的话，会发现沉积着的深不见底的青黑色河水里，不时会有残渣之类犹如显微镜中的微生物那样的东西从洞口一端突然出现，又忽悠忽悠地在另一端消失，瞧着实在瘆得慌。

3月20日早晨8点左右，浅草商店街某店家老板娘要去千住办事，来到吾妻桥的汽船码头，她在等候开船的时候去了趟刚才提到的厕所。谁知她刚一进去，就尖叫一声逃了出来。

检票的大爷一问，她说准备如厕时，看见长方形洞口正下方的青黑色水中，有一张男人的脸在偷窥她。

检票的大爷起初以为是船夫或什么人的恶作剧（类似水中的鲍牙龟事件①偶尔也是有的），索性进厕所一探虚实。果不其然，长方形口子下面约一尺左右的地方漂浮着一张人脸，随着水波的晃动忽而只露出半边脸，忽而蓦地露出整张脸，就像发条玩具似的，吓死人了。检票大爷后来这样告诉别人。

发现是个死人后，检票大爷顿时慌了神，大声招呼在码头上的年

---

① 鲍牙龟事件：1908年东京发生了一起奸杀女子的命案，随后35岁的池田龟太郎被逮捕。他的绰号是鲍牙龟，有过多次偷窥女澡堂的前科。后来，在日本，鲍牙龟被用来称呼偷窥狂或色鬼。

插画师：朱雪荣

轻人过来帮忙。

等候乘船的客人中，有一位胆大的鱼铺老板，他和几个年轻人一起设法打捞那具尸体，可是，要从厕所开口中拉上来并非易事，于是，大伙便从厕所外面用竹竿将尸体推到了开阔的河面上，奇怪的是，尸体身上赤条条的，只剩下了内裤。

死者年纪四十岁上下，很绅士的样子，而且这个季节，应该不会是下隅田川游泳溺水死的，人们觉得蹊跷，再仔细一观察，发现他背上有被锐器刺伤的痕迹，并没有像溺死者那样被水泡发。

当人们发觉死者不是溺死的而是被人杀害时十分恐慌，而且将尸体从水里打捞上来时，还发现了一件怪事。

接到报警后，花川户警察岗的巡警赶到了现场，在他的指挥下，码头上的一个小伙子抓住死者蓬乱的头发，想把他拽上来，没想到那头发竟然从头皮上被刺溜揪下来了。

小伙子吓得哇地大叫一声松了手，因为看上去他在水里泡的时间并不长，头发却一下子被剥离，实在解释不通，巡警进一步查看后才发现，那头发原来是假发，即那个死者是秃头。

这就是静子的丈夫、碌碌商会的董事小山田六郎的悲惨死状。

也就是说，六郎的尸身赤条条的，秃头上戴着蓬松的假发，被人扔到了吾妻桥下。而且，尽管是在水中发现的尸体，却不见溺水的迹象，致命伤是后背的左肺部受到的锐器的刺伤。除了致命伤，后背还有几处比较浅的刺伤，由此可见，凶手可能几次都没有刺中要害。

根据法医验尸结果，死亡时间为前一天凌晨1点前后。由于死者身上没有衣物，也没有随身物品，所以无法确定身份。在警方也一筹莫展时，中午幸好有一位认识小山田的人路过，警方才迅速给小山田宅邸和碌碌商会打了电话。

傍晚，我抵达小山田家的时候，六郎的亲戚、碌碌商会的人和六郎的好友等都来了，家里乱哄哄的。据说警察刚刚离开，静子被这些来客团团围着，神情木然。

警方还未归还六郎的尸体，说是调查需要，有可能进行解剖，所以家中只是在佛坛前白布覆盖的台案上摆放了临时赶做的牌位，牌位前面供着精美的焚香和鲜花。

直到此时，我才从静子和公司的人嘴里听说了发现尸体的整个过程。正是由于我轻视春泥，两三天前阻止静子去警察局报案，才发生了这场灾难，想到此，我倍感羞愧和后悔，如坐针毡。

我觉得凶手就是大江春泥。春泥一定是趁着六郎离开小梅町的棋友家，从吾妻桥往回走的时候，将他拉进汽船码头的阴暗处行凶，然后将尸体抛进了河中。无论是时间点，还是本田说的春泥曾经在浅草一带转悠，以及他还发出过要杀害六郎的警告，这些都说明凶手就是春泥，已经无可置疑了。

但是，小山田六郎为何是裸体？又为何戴着假发？如果是春泥干的，他为何做出这等荒诞之举？我实在是百思不得其解。

我找了个空当，对静子说"你来一下"，请她跟我去了另一个房间，以便和静子商量只有我们俩知道的秘密。静子好像也在等着我叫她似的，对满座的客人点头示意后，急忙跟着我走出客厅。一离开众人的眼目，她就轻声叫了声"先生"，一把搂住了我。她盯着我的胸口，长长的睫毛熠熠生辉，眼睑似乎有些浮肿，一颗大大的泪珠顺着苍白的面颊滚落下来，紧接着一颗颗泪珠止不住地扑簌簌往下流。

"我真不知该怎样向你道歉才好，都怪我太大意了。真没想到那家伙竟有这么大的本事，都是我不好，都是我不好……"

我不由得伤感起来，使劲握住刚刚止住哭泣的静子的手，想要给她打气似的，一遍遍说着道歉的话。这是我第一次触碰到静子的身体，虽说是在这种时候，我还是清晰地感受到她的手指是那么妙不可言，虽然白皙而纤弱，指腹却仿佛在燃烧似的，火热而有弹性，让人至今难以忘怀。

"那封恐吓信的事，你对警方说了吗？"等静子终于止住哭泣后，我开口问道。

"没有，我不知道该怎么办，所以没有……"

"就是说还没有告诉他们？"

"嗯，我想跟先生商量之后再说。"

后来回想起来，当时说话时我一直握着静子的手，静子也没有抽出手，依偎着我站着。

"你也觉得是那个人干的吧？"

"是啊。而且昨夜还发生了一件怪事。"

"什么怪事？"

"因为先生的提醒，我把卧室转移到了洋楼的二层。觉得在这里不会被偷窥，这才安下心来，可是，那个人好像仍在偷窥我似的。"

"从哪儿偷看的？"

"从玻璃窗外面。"说着静子好像又回想起了当时的恐怖情景，瞪大眼睛断断续续地诉说起来，"昨夜12点左右，我躺在床上睡觉，可因为丈夫还没有回家，我特别担心，更何况一个人待在高大宽敞的西式房间里，愈加害怕，总觉得房间的每个角落都被人窥视着似的。百叶窗只有一扇没有放到底，下面留了约一尺的空间，从那里能够看到外面黑乎乎的夜色，我也越来越害怕，忍不住老是往那儿看，竟然看到玻璃窗外面有一张模糊的人脸。"

"不会是你的幻觉吧？"

"只是一眨眼的工夫，那张脸就不见了，可是我现在仍然觉得我绝对没有看错。那人乱糟糟的头发紧贴在玻璃窗上，微微低着头，翻着眼珠瞪着我，这恐怖的样子至今还不时浮现在我眼前。"

"是不是平田？"

"是他，除了他，别人干不出这种事来。"

我们当时这样交谈之后，判断杀害六郎的凶手就是大江春泥，即平田一郎无疑了。他还计划接下来要杀死静子，于是我们决定一起去报警，请警方保护静子。

主管此案件的是一位姓系崎的法学士，幸而他也是我们侦探作家、医生和律师组织的猎奇会的会员。所以，我和静子一起去搜查本部的象泻警察局报案时，他没有像检察官与受害者那样严肃地与我们谈话，完全是朋友般温和地听我们讲述了这个案件。

　　他似乎也对这起诡异的事件相当吃惊，并表现出了极大的兴趣，表示会尽全力搜寻大江春泥的行踪，并且派刑警对小山田家进行监控、增加巡逻的次数以确保静子的人身安全。关于大江春泥的相貌，我提醒系崎，社会上流传的照片和他本人不太像，于是找来博文馆的本田，让他详细描述了他所知道的大江春泥的容貌。

# 七

　　那之后约一个月的时间，警方全力以赴地搜索大江春泥的下落，我也拜托本田以及其他报社、杂志的记者打听春泥的去向，试图找到一点儿线索。虽然费了九牛二虎之力，可不知春泥习得了何种法术，居然一直杳无音讯。

　　他若是孤身一人另当别论，可他带着碍手碍脚的妻子，又能躲藏到哪里去呢？难道说他真的如系崎检察官猜想的那样，逃亡海外了？

　　不仅如此，奇怪的是，六郎被害以来，静子再也没有收到恐吓信。也许春泥因为害怕警察的追查，暂且中止了杀害静子的图谋，转而忙着藏身。不对，像他那样狡黠的人，不可能没料到这种情况。这样看来，他现在仍潜伏在东京，耐心等待着杀害静子的时机也未可知。

　　象泻警察署长命令属下刑警到春泥最后居住过的上野樱木町三十二番地附近调查，就像我之前做过的那样，但不愧是行家，那位刑警经过一番查访，竟找到了春泥搬家时雇用的搬家公司（这家店虽然同在上野，却是相隔很远的黑门町那边的小店），然后从该店追寻他的去向。

最后得知春泥从樱木町搬走后，陆续搬去过本所区柳岛町、向岛须崎町等，居住条件越来越差，最后的须崎町简直如同临时板房，是夹在工厂之间的肮脏不堪的一处独门小院，他预交了几个月的房租，所以刑警去的时候，房东以为他还住在那里呢。可是，刑警进屋一看，屋里空空如也，什么家具都没有，满是灰尘，破败不堪。他到底是什么时候搬走的，房东全然不知。刑警虽然向街坊打听，但由于位置夹在工厂之间，没有找到好议论家长里短的大婶，所以最终一无所获。

还有博文馆的本田，他原本对此类离奇怪事就非常感兴趣，所以渐渐看明白了事情的脉络后，他干劲倍增，以在浅草公园见过春泥为线索，抽出催稿子的空当，全身心地投入其中，当起了侦探。

考虑到春泥在浅草附近发过广告，他先去了那边的两三家广告公司，询问是否雇用过长得像春泥的人。比较棘手的是，那些广告公司业务繁忙时，会临时雇用附近的流浪汉，让他们穿上服装打一天工。所以向广告公司的人了解情况，只得到"你描述的这个人我没有印象，估计也是流浪汉中的一个"的回答。

于是，本田开始深夜在浅草公园徘徊，观察黑暗树荫下的每一把长椅子，或是特意入住流浪汉有可能过夜的本所一带的木屋民宿，和那里的房客混熟了以后，便挨个向他们打听是否见到过一个像春泥那样的男人，真是煞费了一番苦心。可是，无论花了多大力气，都找不到一点儿头绪。

本田每星期来我的住处一趟，诉说一通他如何如何劳心费力，有一次，他照例像弥勒佛似的嘿嘿笑着，对我说了下面一番话。

"寒川先生，我前几天忽然对戏法这种表演来了兴趣，而且从中受到了很大的启发。你知道最近到处都在表演号称什么蜘蛛女的节目吧？就是那种只有脑袋、没有身子的女人的戏法。不过，我告诉你，有一种和那个类似又刚好相反的戏法，表演的是没有脑袋、只有身子的人。横着摆放一个长方形的箱子，将箱子分割成三段，有两段里装着身体和四肢，当然表演者多为女子，身体上方的那段是空的，脖子以上什么也没有。就是说，女人的无头尸体躺在长箱子里，而且，那女人是活着的，证据就是手脚一直在动弹。那个表演看着特别可怕，还特别色情。其实这个戏法的奥秘，就是把箱子里那面镜子斜着摆放，让人以为镜子后面是空的，就是这么幼稚的玩意儿。

"话说我之前去牛込的江户川桥，在去护国寺方向的那个转角的空地上，看到了那个无头戏法，不过，不同于其他表演，那个只有身体的人不是女人，而是穿着肮脏得油光发亮的小丑服的肥胖男人。"

本田说到这里，故弄玄虚地露出紧张的神情，停顿了片刻，确认充分勾起了我的好奇心之后，才接着讲了下去。

"你明白我的意思了吧？我是这么想的，一个人将身体曝光于公众面前，却同时能够完全隐匿行踪，其方法之一就是去表演这种无头戏法，这是多么高明的主意啊！他只需将成为目标的头颅隐藏起来，躺一整天就行了。这岂不是只有大江春泥才能想到的幻术般的韬晦之计吗？特别是春泥经常写此类猎奇小说，特别喜好这类戏法。"

"后来呢？"我催促道。本田若是真的发现了春泥的所在，也未免太沉得住气了。

"于是，我紧急赶去江户川桥一看究竟，幸好那里还在表演那个戏法。我买了票推开木门走进去，站在那个无头胖男人跟前，琢磨着如何才能看见那个人的脸。这时，我脑子里忽然灵光一闪，这个人就是再想躲藏，一天里也得去几趟厕所，我就耐着性子等着那家伙去厕所。过了不久，屈指可数的观众差不多都走了，只剩下我一个人。我坚持站在那里看表演，忽然听见无头男在箱子里啪啪地拍手。

"我正纳闷呢，解说员来到我跟前，说演员要稍微休息一下，请我出去一会儿。我预感到他要出来了，便走到外面，然后悄悄绕到帐篷后面，从破洞往里偷看。果然那个无头男在解说员的搀扶下从箱子里爬出来了，当然脑袋好好的，他朝着观众席一角的厕所跑去，哗哗地尿了起来。刚才他拍手，原来是要小便的信号啊，你说好笑不好笑？哈哈哈……"

"你说单口相声呢！没正经的。"我假装有些恼火。本田立刻严肃起来，辩解道：

"嘿，根本就不是那家伙，白忙活一场……真是不容易啊。我跟你说这个事，就是想告诉你，为了寻找春泥，我吃了多少苦啊。"

说这些就是逗个乐儿，也说明了我们寻找春泥的辛苦，就是这样一直见不到曙光。

不过，有件事需要在此交代一下，我们了解到一个或许能成为破案关键的怪异的事实。我觉得六郎尸体上戴的假发是个线索，估计是在浅草附近购买的，便去那一带挨个找假发师傅打听此事，终于在千束町的松居假发店找到了与之相似的。据店主说，他的假发与死者戴的是一样的，但与我的预料相反，定制假发的并不是大江春泥，而是小山田六郎本人，这是我万万没想到的。

订货者与小山田不仅相貌符合，而且在订货时坦然地告知小山田这个姓名，假发做好之后（那是去年岁末时分），也是他亲自步行来店里取走的。当时，六郎说是想要用它来掩盖自己的秃头。可是，在六郎生前，没有一个人见他戴过假发，包括妻子静子。这到底是怎么回事呢？我左思右想也解不开这个谜。

再说静子（现在成了寡妇）和我之间的关系，以六郎被害事件为分界，迅速亲近起来。这段时间的交往，使我成了静子依赖的朋友及保护者。六郎家的亲戚听说我自从爬上天花板进行调查以来，一直尽心竭力地帮着破案，也不好随意排斥我，而系崎检察官更巴不得有我跟在静子身边，所以也表示希望我能经常去小山田家看望，留心寡妇周围人的情况，因此，我能够公然出入她家。

和静子初次见面时，她作为我的小说的忠实读者，对我抱有极大的好感，这一点前面已经说过了，现在由于我们之间又陆续发生了如此复杂的关联，她慢慢把我当成了唯一可以信赖的人，也是理所当然的。

这样三天两头地见面，特别是看到她成了寡妇，以前一直觉得遥不可及的她那苍白无力的激情、轻飘飘转瞬即逝般有着奇妙弹性的肉体魅力，骤然带着真实的色彩向我袭来。记得偶然有一次在她的寝室里发现了外国造的小鞭子后，我那忍无可忍的欲火，就像被浇了油一般熊熊燃烧起来。

我指着那条鞭子随口问道："是你丈夫骑马用的吗？"

谁知，一看到鞭子，她吃了一惊，脸色变得惨白，转瞬又变得通红。

然后，她嗫嚅着回答："不是。"

我太鲁莽了，直到那时，我才解开了她脖颈上那道红肿疤痕之谜。回想起来，每次看她身上的疤痕，位置和形状都略有变化，当时觉得不可思议，却完全没有意识到她那位貌似温厚的秃头丈夫，原来是个令人生厌的性虐待狂。

六郎死后一个月的今天，不管怎么细看，她的脖颈上都看不到那丑陋的红肿疤痕了。综合这些迹象，显然即便没有她的坦诚相告，也可以判定我的猜想没有错。

然而，自从知道了这一真相，我的心却蠢蠢欲动起来，为什么会这样呢？虽然羞于启齿，莫非我也和已故的六郎一样是个性变态吗？

# 八

4月20日是已故者的忌日，因此静子拜佛之后，于傍晚邀请故人亲友前来参与法事，我也出席了。但那天晚上发生的两件事（尽管是性质完全不同的事件，正如后面交代的那样，二者之间却不可思议地有着宿命般的关联），使我受到了恐怕一辈子都忘不了的巨大震撼。

那天，我和静子并肩走在昏暗的走廊上。客人都回去后，我又跟静子商量了一会儿搜索春泥的事，大概11点左右，我觉得有用人在旁，再待下去不大合适，便准备告辞，坐静子从熟识的车场给我叫的车回家。静子送我去玄关，和我并肩走在昏暗的走廊上。走廊朝向庭院开着几扇玻璃窗，我们走过其中一扇窗户时，静子突然发出了尖叫声，紧紧抱住了我。

"你怎么了？看到什么了？"我吃惊地问道。静子一只手死死地抱着我，一只手指着玻璃窗外面。我起初以为是春泥，也紧张起来，但很快发现并没有什么人，只看见窗外院子里，一条白狗从树丛间跑过，消失在黑暗中，弄得树叶哗啦哗啦作响。

"是狗，是一条狗，不用害怕。"我不知怎么的，一边拍着静子的肩膀，一边这样安慰她。

知道是虚惊一场后，静子的手依然搂着我不放，温暖的感觉传导到我体内，我终于一把搂住她，亲吻了她那因虎牙而微微鼓起的、蒙娜丽莎般的香唇。而且，不知对我而言是幸还是不幸，我感觉她不但没有推开我，搂着我的手指还顾虑重重地微微加了力。

由于那天是故人的忌日，我们更感到罪孽深重。记得直到我坐进车子里，我们都没有再说话，连眼睛对视也没有。

车子开动后，我满脑子都在想静子的事。发热的嘴唇上还留有她的唇香，怦怦乱跳的胸口仿佛还残留着她的体温。

我的内心交织着狂热的喜悦和深深的自责，如一团乱麻。车子经过了哪里，外面是什么景色，我全都视而不见。

奇妙的是，尽管我的心情这般不平静，可从刚才开始，就有一个很小的东西执拗地刻印在我的眼底。我随着车子摇晃着，一心回味静子的事，眼睛望着前方，在我的视线中心，有个不停摆动的物体引起了我的注意。起初我只是无所用心地瞧着它，渐渐地我的注意力集中到了它身上。

为什么呢？为什么我会盯着这个东西看呢？

我木然地思考起了这个问题，后来找到了答案。原来我是惊讶于两个东西竟会如此相似，如果说是巧合，未免也太过巧合了。

在我前面，穿着藏蓝色旧外套的大个头司机，正弓着腰目视前方开车。在他那宽厚的肩膀前方，两只手非常灵活地转着方向盘，结实粗糙的手上却戴着一副不相称的高级手套，而且是冬天戴的厚手套，也许因此才引起了我的注意。而且比手套更重要的是，手套上的装饰扣……直到这时我才恍然大悟，我之前在小山田家的天花板上拾到的小圆金属，无疑是手套装饰扣。

我对系崎检察官提过那个金属扣，但由于当时没带在身上，而且犯人已基本锁定了大江春泥，所以检察官和我都没有把现场的遗留物品当回事，那个东西现在应该还在我的冬装背心口袋里。

我根本没有想到那东西是手套装饰扣。如此看来，犯人为了不留下指纹而戴了手套，却没有意识到装饰扣掉了，这也是很有可能的。

不过，司机的手套装饰扣，比我在天花板上拾到的装饰扣有着更为惊人的意义。不但其形状、色泽、大小都极其相似，而且司机右手套的装饰扣掉了，只残留着暗扣，这是怎么回事呢？我在天花板上拾到的金属物，如果与它的垫圈一致，又能说明什么？

"师傅，师傅。"我突然对司机说道，"把你的手套给我看看好吗？"

司机对我这句莫名其妙的话好像很惊讶，但还是放慢车速，把手套摘下来递给了我。

我仔细一看，就连另一只手套的装饰扣表面也分毫不差地刻印着R·K·BROS·CO。我越来越吃惊了，竟然莫名地恐惧起来。

司机把手套递给我后，头也没回，继续开车。望着他那壮硕的后背，我心中猛然涌出了一个猜测。

"大江春泥……"

我用司机能听见的声音，自言自语地说道。然后盯着驾驶座上方的后视镜看司机的表情，可是，这只是我愚蠢可笑的猜想。因为后视镜里司机的表情毫无变化，关键是大江春泥也不是像罗宾那样善于模仿的人。不过，车子抵达我的住处后，我多给了司机一些车费，向他问了一些问题。

"请问，你这只手套的装饰扣是什么时候丢的，还记得吗？"

"这只原来就没有。"司机困惑地回答。

"这是别人给我的。虽说还很新，但因为扣子掉了，人家就不要了。是去世的小山田老爷给我的。"

"小山田先生？"我大吃一惊，"是我刚刚离开那家的小山田先生吗？"

"是的。那位老爷生前每天上下班都是我接送的，是我的老主顾了。"

"你是什么时候开始戴它的？"

"老爷给我的时候天气很冷，可我看这手套很高级，怕用坏了，没舍得用。今天是因为旧手套破了，才拿出来开车用的，不戴手套方向盘太滑。您为什么打听这个呢？"

"也不是什么大事，你可以把这副手套让给我吗？"

就这样，最后我以高价得到了那副手套。一回到房间，我就拿出在天花板上拾到的那颗金属扣，跟这副手套的比对，果然分毫不差，而且金属扣与那副手套的暗扣也完全吻合。

正如上面所说，这两个东西如此相似，也太过巧合了。大江春泥和小山田六郎戴着相同装饰扣商标的手套，甚至连脱落的装饰扣和暗扣都丝毫不差。这怎么可能？后来，我拿着这副手套去市内首屈一指的位于银座的泉屋洋品店进行鉴定后才知道，其做工在国内很难见到，应该是英国产的，并且了解到名为R・K・BROS・CO的兄弟商会在国内还没有开设店铺。根据这位洋品店老板所说的情况，结合六郎前年9月之前一直在国外的事实，说明六郎才是这副手套的主人，也可以认定那颗脱落的装饰扣也是六郎掉的了。既然在国内买不到这种手套，那么即便是巧合，大江春泥也不可能拥有和六郎同样的手套。

"这到底是怎么一回事？"我抱着脑袋，趴在桌子上喃喃自语，"就是说，就是说……"我竭力将注意力聚焦于脑仁，急于从中找出某种合理的解释。

我忽然产生了一个奇怪的念头，就是山之宿这个地方是隅田川沿岸的狭长街道，而靠隅田川而建的小山田家当然也是紧挨着河流的。我经常站在小山田家的小洋楼里眺望窗外的隅田川，可是不知怎的，此时我仿佛第一次发现这景色，它突然具有了新的意义，给我以启发。

在我迷雾般混沌的头脑中，浮现出了一个大大的U字。

U字的左端上部是山之宿。右端上部是小梅町（六郎的棋友家所在地）。而吾妻桥恰好位于U的底部。那天晚上，六郎离开U的右端上部，来到U底的左侧，在那里被春泥杀害了，迄今为止我们都是这样判断的。然而，我们会不会忽略了河水流向的问题？河水是从U的上部向下部流淌的，被抛进水里的尸体与其说出现在被杀害的现场，不如说是从上游顺流而下，被吾妻桥下的汽船码头挡住，滞留在那里更加顺理成章吧？

尸体漂下来了，尸体漂下来了。那么，是从哪里漂下来的呢？行凶杀人是在何处发生的呢？我深深地陷入了推理的泥沼……

# 九

我一连几个晚上专注于思考这件事，连静子的魅力也比不上这些奇思臆想了，我渐渐地陷入了奇妙的推理泥沼，竟然忘记了静子的存在。

在这期间，我为了确认一件事，也两度造访过静子，但谈完事后，便很淡然地告辞出来，匆忙赶回住所。静子一定觉得我很奇怪，她送我到玄关时的表情都显露出凄凉和悲伤。

然后，在大约五天时间里，我得出了一个极其异想天开的推测。为了避免烦冗的赘述，我特将当时打算呈给系崎检察官的意见书稍加修改，转录在下面。这篇推理，若不具备我们侦探小说家的想象力，恐怕是难以得出来的。而且，其中还有更深一层的意义，我是后来才渐渐明白的。

（前略）我在小山田宅邸里静子起居室的天花板上拾到的金属扣，只能是从小山田六郎的手套上脱落的，这一点搞清楚后，盘踞在我内心深处的各种事实，仿佛给这一发现提供证据似的接二连三地浮现在我的脑海里。六郎尸体上戴的假发是六郎亲自定制的（尸体赤裸这个事并不是一个问题，后面会陈述缘由）；六郎被害的同时，平田的恐吓信也像约好的一般突然中断了；六郎表面一副道貌岸然的样子，实际上是个可怕的性虐待狂（此类事件一般是不能看外表的）。上述这些事实看似是种种偶然事件的巧合，但仔细分析便会发现这一切无不指向同一件事情。

意识到这点之后，我为了进一步确认自己的推理，着手尽可能多地收集材料。首先我拜访了小山田家，征得夫人的允许后检查了已故六郎的书房，因为没有什么地方比书房更能体现主人的性格或秘密了。没有顾及夫人的不解，我花了半天的工夫，翻看了所有书柜和抽屉，发现多个书柜中有一个书柜特意上了锁。我向夫人询问钥匙才知道，六郎生前总是把钥匙串在怀表上随身带着，被害那天也是卷在和服腰带里离开家的。没有别的办法，我只好说服夫人弄坏了锁，强行打开了那个书柜。

打开一看，书柜里塞满了六郎几年来写的日记、几袋子文件、成捆的信札、书籍等。我逐一仔细翻看之后，发现了与此事件相关的三份资料。第一份是六郎和静子夫人结婚那年的日记本，在举行婚礼三天前的日记边框外，用红墨水记录了如下值得注意的词句：

"（前略）余已知悉青年平田一郎与静子之间有隐情，然静子中途开始厌恶该青年，即便其不择手段追求，亦不顺应其意，最终以父亲破产为契机不辞而别，不复相见。如此甚好，余愿既往不咎。"

由此可知，六郎在结婚之前就因某种契机，知晓了夫人的秘密，但并没有对夫人透露过半句。

第二份是大江春泥写的短篇集《天花板上的游戏》。此类书籍居然出现在实业家小山田六郎的书斋里，太出乎意料了。若不是听静子夫人说六郎生前特别爱看小说，我甚至怀疑自己的眼睛出了毛病。另外，这本短篇集的扉页上印着珂罗版印刷的春泥肖像，版权页上也印有作者平田一郎的名字，这一点很值得注意。

第三份是博文馆发行的杂志《新青年》第六卷第十二号。杂志里虽然没有发表春泥的作品，但卷首有他的保持了原版大小的手稿照片，足有半张稿纸，旁边空白处写着"大江春泥氏笔迹"。奇怪的是，对着阳光看那张手稿照片，厚厚的铜版纸上，明显可见纵横交错的抓痕般的痕迹。这只能说明有人在那张照片上垫了一层薄纸，用铅笔一遍遍模仿过春泥的笔迹。我的猜想接连得到证实，太令人恐怖了。

就在同一天，我拜托夫人帮我找了一下六郎从外国带回来的手套。找手套虽说费了一番周折，但总算找到了一副和我从司机那里买来的一模一样的手套。夫人把手套递给我时，还有些纳闷地嘀咕"应该还有一副同样的手套"。上面这些证物，日记本、短篇集、杂志、手套、天花板上拾到的金属扣等，如您有需要，可随时提交给您。

好了，我调查出来的事实，除此之外还有一些，但在说明这些之前，即便只从上述几条来考虑，也说明小山田六郎有着世所罕见的可怕人格。他在温厚老实的面具下，策划着妖魔般的阴谋诡计，这已昭然若揭。

我们是否太拘泥于大江春泥这个名字了呢？他写的那些血腥的作品，他那变态的日常生活知识等，让我们从一开始就坚信这类犯罪只有春泥才干得出来。他为什么能够将自己的行踪彻底地隐匿起来呢？倘若他就是凶手，岂不是有些可疑吗？正因为他是冤枉的，单纯因为性格孤僻（他越是有名，其名声越容易加重他的厌人病）而将自己隐匿起来，才如此难找。或者他已如您所说，逃往国外了。比方说在上海的某个街头变身为中国人，正吸着烟呢。否则，倘若春泥是凶手，那样周密而执拗地花费多年岁月谋划的复仇计划，只因杀害了对他来说如同草芥的六郎，而忘记了原来的重要目的，突然终止行动，又该怎样解释呢？对于读过他的小说、了解他的习惯的人来说，这是极其不自然，也是不可能的。

更重要的是显而易见的事实。他为什么会将属于六郎的手套装饰扣掉落在天花板上呢？手套是在国内买不到的外国货，六郎送给司机的手套正好掉落了装饰扣，将这两点综合起来看，如果在天花板上游走的人不是小山田六郎，而是大江春泥，这样不合逻辑的事怎么可能呢？（您可能会反问，倘若此人是六郎的话，他为何粗心大意地将如此重要的证据送给司机呢？然而关于这个问题，正如我在后面所说明的那样，因为他并没有犯下法律意义上的罪行，只不过在玩性变态者所喜欢的一种游戏，所以，即便手套装饰扣掉在了天花板上，对他来说也是毫无影响的。他根本不必像罪犯那样担心装饰扣是不是在天花板上爬来爬去时掉落的、它是否会成为罪证等。）

可以否定春泥作案的材料不止这些，还有上面说过的日记本、春泥的短篇集、《新青年》杂志等物证，它们曾经被锁在六郎书房的一个书柜里，打开书柜的锁的钥匙只有一把，六郎行走坐卧都将它带在身上，这些物品证明了六郎阴险的恶作剧，退一步说，即便认为是春泥为了嫁祸给六郎伪造了这些物品，他将这些放进六郎的书柜里也是完全不可能的。因为首先日记本是不可能伪造的，而且那个书柜非六郎本人也不可能打开或锁上。

经过这番分析，只能得出下面的结论：我们此前一直认定的凶手大江春泥即平田一郎，其实从一开始就与此案无关。使我们如此坚信不疑的，除了小山田六郎使出的那手令人惊叹的障眼法，没有别的可能。富有的绅士小山田六郎竟然是个如此缜密阴险的人，他表面上装得温厚笃实，在寝室中就变成了无比可怕的恶魔，多年来一直用外国造的骑马鞭抽打可怜的静子夫人，强烈的对比完全超乎我们的想象，但温厚的君子与阴险的恶魔同在一个人心中的例子并不罕见。人们不是常说，一个人表现得越是敦厚和善，反而越是容易成为恶魔的弟子吗？

下面说说我的想法。小山田六郎大约在四年前被公司派到欧洲出差，顺便旅行了一些地方，主要在伦敦，也在另外两三个城市滞留了两年。他的恶习大概就是在其中某个城市形成的（我从碌碌商会的会员口中偶然听说了他在伦敦的风流韵事的传言）。我推测，前年9月，回国伊始，他那难以治愈的恶习便使他开始以宠爱的静子夫人为对象，疯狂施加淫威了。因为去年10月，我初次见到静子夫人时，就已经注意到她脖颈上的吓人的疤痕了。

这种恶习，就像吗啡中毒一样，一旦染上便终生无法戒掉，而且此病症还会日新月异地以迅猛之势发展下去，会不断地追求更加强烈、刺激的感受。今天无法满足于昨天的程度，明天又觉得今天的玩法不够刺激。不难想象，小山田也是如此，仅仅抽打静子夫人已经无法使他满足了，因此，他不得不疯狂地去寻求更新鲜的刺激。

就在此时，他不知从哪里知道了大江春泥的《天花板上的游戏》这篇小说，听说内容新奇，想要读一读。总之，他从这本小说中不可思议地发现了知己，可谓找到了同道中人。他有多么爱读春泥的短篇集，从那本书的磨损程度便可推知。春泥在那个短篇集里，反复描述在对方浑然不知的情况下偷窥独处的人（特别是女人）的情景，说那实在是无可比拟的乐事，这对六郎来说是新的发现、新的乐趣，因此产生共鸣也不难想象。他最终模仿起了春泥小说的主人公，自己成了天花板上的恶作剧者，躲在自家的天花板上，偷窥静子夫人独自一人时的样子。

从小山田家的大门到玄关有相当一段距离，他趁着外出回来时，避开用人，钻进玄关旁边的储物间，从这里进入天花板到达静子房间上面乃是轻而易举之事。我甚至推测，六郎傍晚去小梅町的棋友家，即是为了天花板上的恶作剧时间使用的瞒天过海之策。

与此同时，对《天花板上的游戏》爱不释手的六郎，发现了版权页上的作者真名，开始怀疑他就是曾经被静子抛弃的恋人，认为他与对静子怀恨在心的平田一郎是同一个人也不足为奇。于是，他开始收集有关大江春泥的所有报道、流言蜚语，终于搞清楚了春泥与静子曾经的男友正是同一个人，而且他在日常生活中极其讨厌与人交往，当时已经搁笔隐居，不知所终了。换句话说，六郎在《天花板上的游戏》这本书中，发现了与自己有着同样嗜好的知己，同时也找到了他恨之入骨的情敌。于是，根据这些信息，他想出了一个骇人听闻的鬼把戏。

偷窥静子独处的情景果然极大地满足了他的好奇心，然而，对于性虐待狂来说，仅仅靠这等不解恨的乐子是无法满足其嗜好的。于是他运用变态者异常敏锐的想象力，琢磨起了能够替代鞭打妻子的更新颖、更残忍的玩法。终于他想到了装成平田一郎写恐吓信这个异想天开的恶作剧，为此，他购买了《新青年》第六卷第十二号卷首的照片版手稿。为了使这个恶作剧越发显得有趣而逼真，他通过那张手稿照片，认真地摹写起了春泥的笔迹。那张手稿照片上的铅笔痕迹就说明了这一点。

六郎伪造了平田一郎的恐吓信后，便隔上几天就去不同的邮局把信寄出去。他借着外出谈生意之便，坐车路过什么地方时将恐吓信投入附近的邮筒也并非难事。至于恐吓信的内容，他通过报纸杂志的报道了解了春泥的大致经历，而静子的一举一动，则从天花板上偷窥，看不到的部分，凭借自己是静子的丈夫，自然是唾手可得。就是说，他和静子同床共枕时，一边卿卿我我，一边把静子说的话和一举一动记在脑子里，再将这些写在信里，如同春泥窥见的一般。多么可怕的恶魔啊！他就是这样冒充他人写恐吓信寄给自己的妻子，获取模拟犯罪的乐趣，然后从天花板上极其兴奋地偷窥妻子读信时浑身颤抖的样子，获得恶魔的喜悦，这样同时获得了双份的刺激。甚至在这期间，他仍然继续鞭打静子，证据就是，静子的脖颈上的伤痕直到六郎死后才看不到了。不言而喻，他这般虐待妻子静子绝不是因为恨她，反而是出于对她的溺爱，才做出这样残忍的举动。我想，对这类性变态的心理，您也知道得很清楚吧。

以上关于那些恐吓信的制作者是小山田六郎的论证，就是我的推理。可是，原本不过是性变态的恶作剧，怎么会发展为残忍的杀人事件呢？而且被杀死的还是六郎本人，还有他为何会戴着那个奇妙的假发，赤裸裸地漂浮在吾妻桥下呢？他后背上的刺伤又是何人所为？如果大江春泥与此案无关，那么是否存在其他的嫌疑人呢？疑问层出不穷。对此，我必须再多说一点儿我的观察和推理。

简单说来，也许是小山田六郎令人不齿的恶魔行径触怒了神明，受到了天谴。此案既不是犯罪，也没有凶手，只是六郎自己过失致死。也许有人会问，那么他后背上的致命伤怎么解释呢？这个解释先往后推一推，我还是按照顺序，先将我得出这个结论的整个脉络说明一下。

我推理的出发点正是他的假发，您应该还记得3月17日，我进行天花板探险的第二天，静子将寝室移到了小洋楼的二楼。虽然我不清楚静子是怎样说服丈夫的，六郎又为什么会听从妻子的建议，不管怎样，从那天开始，六郎就无法从天花板上窥视了。但是，倘若大胆设想一下，说不定六郎已然厌倦了天花板偷窥游戏，利用寝室搬到小洋楼之机，又琢磨出了新花样。

若问我为什么这样推论，根据就是这假发，他亲自定做的蓬松的假发。他是去年年底预订的这个假发，所以不用说，起初应该有别的用途，并非为了这个目的，可是现在却意外派上了用场。他在《天花板上的游戏》这本书的扉页上看到了春泥的照片，那照片是春泥年轻时照的，自然不是像六郎那样的秃头，而是有着一头茂密的黑发。因此，六郎想由恐吓信或躲在天花板上吓唬静子再往前推进一步，他自己变身为大江春泥，看到静子在小洋楼里，就从窗户外面露一下脸，品味妙不可言的快感。如果他这样企图，首先要做的就是必须将他的秃头隐藏起来，而假发就是达到这个目的的不二选择。只要戴上假发，面部在黑乎乎的玻璃窗外面，只需晃一下即可（这样反而效果更好），不用担心因恐惧而战战兢兢的静子会认出他来。

3月19日晚上，六郎从小梅町的棋友处回来时，大门还没有锁，他为躲过用人的眼睛，偷偷摸摸地绕过院子，进入洋楼一层的书房

（据静子说，六郎将书房的钥匙和前面提到的书柜钥匙串在一起随身携带），当时静子已经进入楼上的寝室，为了不引起静子的注意，他在黑暗中戴上假发，来到屋外，顺着树木登上洋楼的挑檐，绕到寝室的窗外，从百叶窗的缝隙往里面偷窥。后来静子告诉我看到窗外有张人脸，就是这个时候的事。

那么，问题来了，六郎为什么会死呢？在说明这个问题之前，我必须先说说开始怀疑六郎后，我第二次去小山田家，从洋楼的那扇窗户往外看时观察到的情况。其实，您亲自去看看自然会明白，也可以省去我冗长的描绘。那扇窗户面朝隅田川，窗外与水泥围墙（和前院的水泥围墙一样）之间几乎没有什么间隔，墙壁直接连接下面的石崖。为了节约地面，墙壁紧挨着建在下面高高的石崖边缘上。从水面到围墙上部约有四米高，从围墙上部到二层的窗户约两米。假设在那里，六郎从挑檐（挑檐是非常窄的）一脚踩空掉下去，运气好的话，掉在围墙内（间距狭窄得只能通过一个人）也不是不可能，否则就会先掉到围墙上部，再坠落到大河里去，而六郎的情况显然属于后者。

我最初想到隅田川的水流问题时就意识到，说尸体被抛下去的地方就是现场，不如说尸体是从上流漂过来的更为合理。后来了解到小山田家的洋楼外面紧邻隅田川，那里比吾妻桥更属于上游。因此，说不定六郎是从那扇窗户掉下去的。我虽然这样想过，但他的死因不是溺死，而是后背刺伤，所以我很长时间都没有解开这个谜团。

但是，有一天我想起南波杢三郎所著的《最新犯罪搜查法》中的一个案例，与这个案子类似。该书是我在写侦探小说时经常参考的，所以还记得其中的案例，该案例如下所述：

大正六年五月中旬，一具男性尸体漂到滋贺县大津市太湖汽船公司的防波堤附近。死者头部有类似锐器造成的切割伤。根据法医鉴定，死者由切割伤致死，此外，腹部有少量积水，认定死者在被杀害的同时被抛入水中。据此定为一起重大案件。警方立即派出警力进行搜索，但用尽各种办法仍然查不到被害者的身份。数日后，大津警察署受理了一起来自京都市上京区净福寺通金箔业者斋藤的报案，请求帮助寻找出走的雇工小林茂三（二十三岁）的下落。恰巧此人衣着与该被害者完全相符，警方便立即通知斋藤前来辨认尸体，最后证实确是其雇工小林茂三。不仅如此，还确认了死者并非他杀，而是自杀。据说死者盗取雇主的大量金钱，挥霍一空后留下一纸遗书，离家出走。并且查明其头部的切伤，乃是他从航行中的汽船船尾投身湖中时，头部碰到汽船正在旋转的螺旋桨，受到切割所致。

如果没有想起这个案例，我或许不会产生那样大胆的想象。但是很多时候，现实会大大超出小说家的想象。看似不可能发生的事却发生了。虽说如此，我并不认为六郎是被汽船的螺旋桨所伤，这次的情况与上面的案例稍有不同，因为尸体并没有喝水，而且半夜1点左右，很少有汽船通过隅田川。

那么六郎背上深达肺部的刺伤是怎么造成的呢？造成那种类似刀伤的伤痕的究竟是什么锐器呢？其实这东西不是别的，正是小山田家水泥围墙上插满的啤酒瓶碎片。这种碎片在前门围墙上也有，您大概也看到过。这些防范窃贼的玻璃片有些是很大块的，弄不好很容易造成深达肺部的刺伤。六郎从挑檐上不小心坠落下来时，很可能碰到那些玻璃碎片而受了重伤，这也是符合逻辑的。而且，致命伤四周的多处划伤也因此得到了合理的解释。

就这样，六郎自作自受，因其可恶的病态嗜好，从挑檐上失足坠落到围墙上，受到了致命伤后坠入隅田川，然后顺着河流漂到了吾妻桥汽船码头的厕所下面，最终以极其可耻的方式丧了命。以上是我对于本案做出的新解释。

另外再补充两点。第一，关于六郎的尸身为什么是裸体的疑问，我认为吾妻桥一带是流浪汉、乞丐、前科犯的地盘，倘若死者穿着高档衣服的话（六郎那天晚上穿着大岛夹衣，外套盐濑短外褂，还揣着一只白金怀表），趁着深夜无人，偷偷剥去死者衣服的蠢货大有人在，这么解释就都说得通了（我的这一推测后来得到证实，一个流浪汉因盗取六郎衣物被逮捕）。

第二，关于静子在寝室里为何没有听到六郎坠落的声音的问题，我觉得是下面几个原因。当时，她因极度恐惧，精神高度紧张；而且水泥建造的洋楼玻璃窗紧闭，隔音效果好；窗户距离水面有相当的高度，即便能听到水声，也会因为隅田川时有运泥船之类的船只通过，彻夜往来不休，而误以为是划桨的声音等。希望您从上述几个方面综合考虑一下。

另外，值得注意的是，这个案子丝毫不具有犯罪的意义，虽然诱发了不幸的非正常死亡，却完全没有超出恶作剧的范围。否则，就无法解释六郎为何会犯下如此低级的错误了。例如他把重要的物证手套送与司机，用真名定做假发，草率地把重要证物锁在家中的书房抽屉里等。（后略）

将我的长篇意见书抄录在这里，是因为如果不事先说明上述推理过程，在此之后的我的记录便会难以理解，我在这份意见书中提出大江春泥其人从一开始就不存在。然而，事实真是这样吗？如果是这样，我在这篇记录的前面那样详细介绍他的人品，就完全没有意义了。

✚

　　为了提交给系崎检察官，我写了上面的意见书，落款日期是4月28日。我为了告诉静子无须再惧怕大江春泥的幻影，让她放宽心，第二天便造访了小山田家，将意见书拿给静子过目。自从对六郎产生怀疑后，我曾两次造访静子家，做出类似搜查房间的举动，可实际上并没有对她透露过什么。

　　当时，因为有处置六郎的遗产等事宜，每天都有许多亲戚围绕在静子身边，提出各种麻烦的问题。处于孤立状态的静子更加依赖我，每次见到我，都兴高采烈地欢迎我。在照例被领到静子的房间后，我便唐突地对她说：

　　"静子夫人，你无须再担惊受怕了，因为大江春泥这个人，从一开始就不存在。"

　　我这么一说，静子惊诧不已，她自然不明白我这句话的含义。因此，我怀着像过去给朋友读自己刚刚写完的侦探小说一样的心情，将意见书的草稿读给静子听。一是想让她了解案件的详细情况，让她安心；二是想知道她对此稿的意见，我自己也打算寻找草稿的不足之处，进行修改和完善。

讲述六郎性虐待狂的部分，对静子来说过于残忍，她面红耳赤，一副无地自容的神情。提及手套的段落，她插话道："我也觉得奇怪，我明明记得还有一副，却怎么也找不到。"

读到六郎过失死亡的部分时，她非常震惊，脸色惨白，张着嘴说不出话来。

但是，全部读完之后，她只是"啊啊……"了一声，怔怔地默然不语，脸上渐渐松弛下来，可以看出她得知大江春泥的恐吓信是伪造的，自身的生命危险已经解除后，揪着的心总算放松下来。

如果允许我臆测的话，她得知是六郎丑恶的自作自受之后，也会对因和我的不道德关系而抱有的自责释然一些。"他这么卑鄙地折磨我，我当然也可以……"就能够用这样的理由为自己辩解了，这令她满心欢喜。

正赶上晚餐之时，也许是我的错觉，她似乎很兴奋地拿出洋酒、好菜来招待我。

由于意见书得到了她的肯定，我也很高兴，经不住她劝酒，便喝过了头。我酒量不行，很快就满脸通红，我每次一喝多反倒会陷入忧郁，不太想说话，只是盯着静子看。

近来静子虽然消瘦了不少，但白皙的皮肤依然如故，浑身上下柔软而富有弹性，她身体里燃烧的阴火般的魅惑力非但丝毫没有减少，反而因典雅的法兰绒上衣勾勒出的身体曲线前所未有地娇柔妩媚。我望着法兰绒上衣下面不停蠕动的身躯，那线条优美的四肢，忍不住想象起被衣物遮挡的肉体来。

这样聊了一会儿，借着酒劲儿，我想到了一个绝妙的计划。就是在不为人知的地方租一所房子，作为我和静子的幽会之所，神不知鬼不觉地尽享二人世界的快乐时光。

趁着女佣离开的空当，我必须把这个想法告诉静子。我突然把她拉入怀中，和她第二次接吻，同时双手抚摩她的后背感受法兰绒柔软的手感，然后在她的耳边轻轻说出了这个想法。她不但没有拒绝我冒犯的举动，还微微点了点头，接受了我的建议。

从那以后的二十多天，我和静子频频约会，每天都沉浸在极尽淫靡的噩梦般的情爱里，我不知该如何描述这一切才好。

我在根岸的御行松旁边租了一处古雅的、带储藏室的房子，平日会拜托附近粗点心铺的阿婆帮忙看家，因为我和静子大多在白天幽会。

有生以来，我第一次深深品尝到了女人这种生物的情欲之激烈与可怕。有时候，我们俩仿佛回到了幼年时代，在古老的鬼屋一样的大房子里，像猎犬似的吐出舌头哈哈地喘息着，嬉戏打闹着互相追逐。我刚要抓住她，她就像海豚那样扭动身体，从我手中挣脱掉了。我们总是一直这样折腾到精疲力竭，双双死人似的拥抱着倒在地上才罢休。

插画师：朱雪荣

有时候，我们会把自己关在昏暗的储藏室里，默默无言地待上一两个小时。如果有人在那个储藏室外偷听，也许会听到女人悲伤的啜泣夹杂着男人低沉的痛哭，经久不停，犹如二重唱那样。

可是，有一天，静子从一大束芍药花中拿出那条六郎常用的外国马鞭时，我不禁有些惧怕了。她强迫我拿着鞭子，像六郎那样鞭打她的肉体。

大概由于长期遭受六郎的性虐待，她也染上了这种癖好，变成了受虐狂而不得不忍受欲望的折磨。我如果和她再继续幽会半年的话，肯定也会患上和六郎一样的性虐待癖好。

我无法拒绝她的请求，用那条鞭子抽打她的肉体时，她苍白的皮肤表面瞬间凸起了一道道红肿的鞭痕，看到这情景，我觉得心底发冷，竟然从中感受到了某种不可思议的愉悦。

但是，我并不是为了描述男女情事而写这篇记录的。日后将该案件写成小说时，我会进行更加详尽的描述，但在这里，我只打算补充一件事，就是在那段偷情的日子里，我从静子嘴里听到了有关六郎假发的事。

专门定做那顶假发的不是别人，正是六郎自己。他在这方面极端神经质，和静子行闺房之乐时，他为了遮盖那难看的秃头，不顾笑着的静子的劝阻，像个孩子似的非要去做假发。"为什么你一直没有告诉我？"我这么一问，静子回答道："这种事太丢脸了，我不好意思说。"

这样的日子持续了二十天左右，我心想，总是不去小山田家也不正常，便若无其事地去了一趟。和静子一本正经地谈了约一个小时后，照例叫了那家车行的出租车回家，碰巧的是，来的司机就是我曾向他买手套的青木民藏，因这次巧合，我又被引入那个奇怪的白日梦中。

　　虽然他今天戴的手套不是上次那副，但操纵方向盘的方式、藏蓝色的旧外衣（他直接穿在衬衫外面）、壮实的肩膀、挡风玻璃、上方的小后视镜，全都与一个月前的样子毫无二致。这情景使我的心情变得古怪起来。

　　我想起曾经冲着司机突然叫了一声"大江春泥"的事。匪夷所思的是，大江春泥的照片、他的作品中的诡异情节、他的非同寻常的生活细节一股脑儿地浮现在了我的脑海里。最后，我居然产生了幻觉，以为春泥近在咫尺，就坐在我旁边。一瞬间我的脑子短路了，一句奇妙的话脱口而出：

　　"喂喂，青木，前几天我跟你要的那副手套，小山田老爷到底是什么时候给你的呀？"

　　"什么？"司机像一个月前那样，回过头来，表情非常吃惊，"那手套嘛，当然是去年了，是11月的……我记得是11月28日，没错。"

　　"是吗？你肯定是11月28日吗？"我仍然有些恍惚，自言自语地重复着他的话。

"可是，老爷，您怎么老是打听手套的事呀？是不是那副手套有什么问题？"司机笑嘻嘻地这样问道。我没有回答，只是盯着挡风玻璃上的灰尘，车子又行驶了四五百米，我一直这样沉默着。突然，我欠起身来，一把抓住司机的肩膀，喝问道：

"我问你，你说的11月28日是真的吗？你敢在法官面前这么说吗？"车子左右晃动起来，司机一边稳住方向盘一边说：

"您说什么呢！在法官面前？别跟我说笑了。不过，绝对是11月28日，错不了。再说还有别人能证明，我的助手也看见了。"

青木见我表情这么严肃，虽然万分惊讶，还是老实地回答了我。

"那你赶紧掉头，回小山田老爷家。"司机越来越蒙了，显得有些害怕，但还是听从我的吩咐，掉头回到小山田家。我从车里跳出来直奔玄关，见到一个女佣在门口，劈头就问：

"去年年底大扫除的时候，你主人家里日式房间的天花板全都被拆下来用灰水洗涤过，这是真的吗？"

前面也提到过，我登上天花板时，曾经问过静子这件事。女佣可能以为我脑子出了问题，直勾勾地瞧着我说：

"是啊，是真的。但不是用灰水洗涤的，只用清水洗过，不过清洗的人的确来过。我记得那天是年底的25日。"

"所有房间的天花板都洗过？"

"是的，所有房间的天花板。"

也许是听到我们的说话声，静子从里面的房间出来了，担心地打

128

量着我的脸问道："发生什么事了？"

我又问了静子同样的问题，她的回答也和女佣一样，我听后草草告辞，扭头就走，一屁股坐进车里，让司机开车去我的住处。我深深仰靠在车座上，陷入自己独有的漫无边际的想象之中。

小山田家日式房间的天花板是去年12月25日全部拆下来清洗的。那么，那个装饰扣掉落在天花板上的时间，只能是在那之后了。

然而，11月28日他便把手套送给了司机。而掉在天花板上的装饰扣是从那副手套上脱落的这件事，正如之前所说，这是无可置疑的事实。

这说明，那副手套的装饰扣在掉落之前就不见了。

这种类似爱因斯坦物理学实例般不可思议的现象到底说明了什么？我注意到了这个问题。

慎重起见，我去租车场找了青木民藏，询问了他的助手，确认是11月28日没有错。然后我又去见了负责清洗小山田家天花板的承接人，他清楚地记得是12月25日。他还保证，天花板全都拆下来清洗了，无论多么小的东西都不可能留在里面。

即便如此，为了硬说那个装饰扣是六郎掉落的，也只能这么猜想。

就是说，那个手套上掉下来的装饰扣仍然留在六郎的口袋里，只是六郎不知道，觉得没有装饰扣的手套没法再用，便送给了司机。过了至少一个月后，很可能是三个月后（静子是2月前后开始收到恐吓信的），在他登上天花板时，装饰扣偶然地从口袋里掉落了。

手套的装饰扣没有掉在外套口袋里而是掉在里面衣服的口袋里，这似乎有些不合理（手套一般放在外套口袋里，而且六郎也不可能穿着外套上天花板，就连穿着西服上去都极不自然）。再说像六郎那样的有钱绅士，年底的衣服不会一直穿到春季。

因为这个疑问，阴兽大江春泥的影子再次笼罩上我的心头。

莫非以六郎这个色情狂为描写对象的具有近代侦探小说色彩的素材，使我产生了极大的错觉（虽说他用外国马鞭抽打静子，是无可置疑的事实）？难道说六郎是被人杀害的？

大江春泥，啊，怪物大江春泥的阴影开始在我的心里挥之不去了。

一旦萌生这样的念头，所有的事情都不可思议地变得可疑起来。说起来，我不过是一介推理小说家，岂能轻轻松松地想出写在意见书里的那些推理呢？我觉得这份意见书中似乎隐藏着什么严重的错误。我因为陶醉在与静子的恋情中不能自拔，所以迟迟没有将草稿抄写出来。其实我也没有寄出去的心情，现在反倒觉得幸亏没有寄出去。

回想起来，这个案件里的证据有点儿过于完备了。仿佛在我的所到之处等着我似的，我需要什么证据，什么证据就会随时出现在我面前。对于大江春泥，也如他在作品中所说，当侦探发现的证据太多时，就必须擦亮眼睛了。

首先，那份逼真的恐吓信的笔迹，如果如我推测是六郎模仿的笔迹的话，实在难以服人。本田曾经说过，模仿春泥的文字纵然能够乱真，但他那种极富特色的风格实在难以模仿，况且曾经是实业家的六郎又是个外行，怎么可能模仿得出来呢？

直到此时，我才想起春泥的小说《一枚邮票》里那位歇斯底里的医学博士夫人，她因极端憎恨丈夫，捏造了丈夫模仿她的笔迹写了假留言的证据，企图诬陷博士杀人。说不定春泥在这个案件中也使用了相同的手法，想要陷害六郎。

换个角度看，这个案件就如同大江春泥的杰作集锦<sup>①</sup>。例如在天花板上偷窥，来自《天花板上的游戏》，物证手套装饰扣的灵感也出自该小说；模仿春泥笔迹则与《一枚邮票》雷同；而静子脖颈上的伤痕暗示色情狂的部分，与《B坂杀人事件》里的写法如出一辙。除此之外，不管是被玻璃碎片扎伤，还是赤裸的尸体漂流到厕所下方，整个案件都充满了大江春泥的气味。

将这些巧合归结为偶然未免太神奇了。自始至终，春泥的巨大阴影不是一直覆盖着整个案件吗？我觉得自己就像是在大江春泥的指挥下，构思出了他所设想的推理情节，甚至感觉自己已经被春泥附体了。

毫无疑问，春泥一定正躲在某个地方，瞪着蛇蝎一样的眼睛注视着整个事件的过程。我不是在推理，而是强烈地这样感觉。可是，他到底在哪里呢？

---

① 这里提到的大江春泥的作品都是江户川乱步的作品名称稍加改动形成的，例如《天花板上的游戏》改自《天花板上的散步者》，《一枚邮票》改自《一张收据》，后面出现的《一钱铜币》《帕诺拉马国》等也是如此。——编者注

我躺在被窝里思来想去，即便是我这样心肺功能强大的人，也被这样无止无休的猜想弄得身心疲惫，想着想着就沉沉睡去了，还做了奇怪的梦，猛然惊醒时，我脑海中浮现出一个奇妙的想法。

　　尽管已是深更半夜，我仍给本田的住处打去电话。

　　"我记得你说过大江春泥的老婆是圆脸吧？"本田刚一拿起电话，我便开口问，他吓了一跳。

　　"嗯，是说过。"本田终于听出是我，睡眼蒙眬地回答。

　　"她总是梳成西式发型？"

　　"嗯，我记得是这样的。"

　　"戴着近视眼镜吧？"

　　"嗯，是啊。"

　　"镶着金牙吧？"

　　"嗯，是啊。"

　　"她的牙不好吧？而且你好像说过，她脸上总是贴着止痛膏药？"

　　"你知道得很清楚啊，你见过春泥的夫人？"

　　"没有见过，我是听樱木町附近的住户告诉我的。不过，你见到她的时候，她还在闹牙疼吗？"

　　"是的，她总是闹牙疼，大概牙齿天生就不好。"

　　"膏药是贴在右脸上的吗？"

　　"记不清了，好像是右边。"

"可是，梳西式发型的年轻女子，却贴着旧式的膏药，你不觉得奇怪吗？现在哪有人贴那玩意儿啊。"

"说的是啊。可是，这到底是怎么回事啊？那个案子发现什么新线索了？"

"差不多吧，详细情况回头再跟你说。"

就这样，慎重起见，我再次跟本田确认了曾经了解过的情况。

然后，我在桌上的稿纸上画起了各种各样的图形、文字和公式，就像解几何题那样擦擦写写，忙了一整夜。

# 十一

一向由我寄出的幽会邀约信中断了三天，静子大概实在等不了了，主动寄了一封快信给我，要我第二天下午3点来老地方约会。信里还写道："您知道了我本性淫荡，已经对我感到厌恶、害怕了吧？"

我收到这封信后，竟一点儿也兴奋不起来，特别不想看到她那张脸。但我还是在她指定的时间，前往御行松下的那间鬼屋。

虽然已进入6月，但是梅雨季还没来，天空就像白内障般阴郁灰暗，沉甸甸地压坠在头顶上方，让人感觉闷热无比。我从电车上下来，才走了三四百米，腋下和后背就变得汗津津的，用手摸了摸，富士绸衬衫都被汗浸湿了。

静子比我先来一步，坐在凉爽的仓库里的床上等我。仓库二楼铺着地毯，摆着床和沙发，立着几面大镜子，将我们嬉戏的舞台装饰得尽可能有趣。虽是临时私会之所，但静子不听我的劝阻，不管是沙发还是床，她都毫不吝惜地购买高档商品。

静子穿着华丽的结城绸单和服，系着梧桐落叶图案的刺绣黑缎腰带，盘着妖冶的圆发髻，坐在铺着纯白床单的松软的床上。西式的家具，江户美妇人打扮的静子，还是在昏暗朦胧的仓库二楼，这反差给人的感觉甚是异样。

我看到这个死了丈夫后照旧盘着最喜欢的令她熠熠生辉、光彩照人的圆发髻的女人，脑海里立即浮现出她淫荡的样子：发髻松松垮垮，刘海凌乱难看，黏糊糊的鬓发缠绕在脖颈上。每次从这个跟人偷情的地方回家时，她常常要在镜前花上三十分钟梳理头发。

"前些天，您专门来打听清洗天花板的事，是出什么事了吗？我从没见您那么慌张过，我想了半天也没想明白。"我刚进屋，静子马上问道。

"你想不明白？"我一边脱西服一边回答，"这事可大了，我犯了个大错。清洗天花板是在12月末，而小山田先生的手套扣脱落是一个多月之前的事了。因为司机说，是11月28日得到的那副手套，所以掉手套扣就是那之前了。顺序正相反呀！"

"这——"静子显得非常吃惊，但好像还是不太明白的样子，"可是，掉落在天花板上的时候，应该是手套扣掉落之后吧？"

"之后是之后，但这段时间可是关键。就是说，如果手套扣不是小山田先生上天花板时掉在现场的，就太奇怪了。准确地说，你刚才说得没错，但应该是在它脱落的时候就掉到了天花板上，留在了那里。可事实是从手套扣脱落，到它掉在天花板上，间隔了一个多月，从物理学规律上是无法解释的。"

"是啊。"她脸色苍白，在思索着什么。

"假设脱落的手套扣，留在了小山田先生的衣服口袋里，一个月之后碰巧掉在天花板上的话，也可以解释得通，但小山田先生会把去年11月的衣服穿到春季吗？"

"不会。他很讲究衣着的。年底就换上保暖的厚衣服了。"

"瞧，很奇怪吧？"

"那么，"她抽了口凉气，"果然是平田……"话说了一半又闭上了嘴。

"没错。在这个案件里，大江春泥的气味太浓了，所以我必须彻底修改前几天的意见书。"

然后我如上一章节所述，对她简要地说明了此案怎样如同大江春泥的杰作集锦一般证据过于完备、模仿的笔迹过于逼真等。

"我想你还不清楚，春泥的生活可以说古怪之极。他为什么不见来访者，为什么不断地搬家、旅行、装病，是为了躲避访问者吗？他最后还不惜花钱在向岛须崎町租了房子，可为什么一直不去住呢？即便是性格孤僻的小说家，这样也太不正常了吧？不是为杀人做准备，还有别的解释吗？"

我挨着静子坐在床上跟她说话，她觉得果然还是春泥在搞鬼，突然害怕起来，身体紧紧贴着我，麻酥酥地握住了我的左手腕。

"回想起来，我简直就是他的一个提线木偶。以他预先制造的伪证作为他的推理范本，就好像被他操控着一样。哈哈哈……"我自嘲地大笑起来，"那家伙太可怕了，对我的想法了如指掌，并按照我的想法制造了证据。普通的侦探根本不是他的对手，除非像我这样喜好推理的小说家，否则很难得出如此百转千回的大胆推测。但是，假设犯人是春泥的话，又有不少说不通的地方，这些说不通的地方正是这个案子让人费解之处，正说明春泥是个神秘莫测的坏人。

"说不通的地方可以归结为两件事情。一是那封恐吓信在小山田先生死后突然停止了；二是日记本、春泥的作品和《新青年》杂志为什么会在小山田先生的书柜里。这两件事，如果说春泥是犯人的话，就有些不合情理了。即便日记本空白处的那些词句是模仿小山田先生的笔迹写的，《新青年》扉页上的铅笔痕迹也是那个家伙为了使伪证更完备故意做出来的，但无论如何也说不通的是，只有小山田先生才带着的那个书柜的钥匙，春泥是怎么得到的？还有，他是怎么潜入那个书斋的？

"这三天来，我一直绞尽脑汁地思考这个问题。最后，终于找到了一个方法。

"正如我刚才所说，这个案件充满了春泥的气味，因此，我想通过仔细研读他的小说，找一找解开谜题的线索，便找出他的书来看。对了，我还有件事没有跟你说过，就是据博文馆的本田透露，他曾经看到过春泥头戴尖帽、身穿小丑服在浅草公园晃悠。他跟广告公司一打听，才知道那家伙不过是公园里的一个流浪汉。春泥只是浅草公园里的流浪汉，这岂不是像极了史蒂文森的《化身博士》吗？我注意到这一点，就从春泥的书中寻找类似的桥段，你知道，我有那家伙去向不明之前写的长篇《帕诺拉马国》和更早些的短篇《一人两角》两本小说。看过之后，我便彻底明白了那家伙从《化身博士》式的方法中感受到了怎样的魅力。也就是一个人扮演了两个人物的情节。"

"我害怕！"静子紧紧地抓着我的手说道，"你说话的口吻太吓人了，不要再说了。在这么昏暗的仓库里，我不敢听。这个事以后再给我讲，今天咱们先好好玩吧。和你在一起的时候，我不愿意去想平田的事。"

"你还是听我说完吧。对你来说，这可是性命攸关的事啊。万一春泥还在跟踪你可怎么办？"此时我哪有心情跟她玩什么恋爱游戏。

"我还从这个案子里发现了两点不可思议的一致之处。用学者的话讲，一个是空间的一致，一个是时间的一致。这里有一张东京的地图。"我从口袋里掏出准备好的简明东京地图，指着地图接着说，"我从本田和象泻署的署长那里了解过大江春泥住过的各处居所，记得他搬家的路线大体是这样的：池袋、牛込喜久井町、根岸、谷中初音町、日暮里金杉、神田末广町、上野樱木町、本所柳岛町、向岛须崎町。这里面只有池袋和牛込喜久井町离得比较远，其余七处，从地图上看，都集中在东京的东北角这个狭小地区，这可是春泥的一大失策。池袋与牛込离得远，以及春泥是从住在根岸的时候开始人气上涨，两者一块考虑，便明白为什么会这样了。就是说，那家伙直到住在喜久井町的时候都是用寄信的方式交付稿件的。可是，将根岸以后的七处住所画一条线连接起来，会发现是一个不规则的圆，如果去这个圆的中心进行调查，就会发现那里隐藏着破解这个案件的线索。为什么会这样？下面我说明一下。"

这时，静子不知为何，突然松开我的手，转而用手搂住我的脖子，从她那蒙娜丽莎般的嘴唇里露出雪白的虎牙，叫了一声"我害怕"，然后将自己的脸颊紧紧地贴着我的脸颊，用力吻我，好久才松开，接着又用食指灵巧地搔弄我的耳朵，对着我的耳朵用摇篮曲那样甜美的声音嗫嚅道："我觉得你讲那么可怕的故事，浪费宝贵的时间，实在太可惜了。亲爱的，亲爱的，没有感觉到我这火辣辣的嘴唇吗？没有听到我的心怦怦直跳吗？快点吧，抱抱我吧。好吗？抱抱我吧。"

"快了快了，你稍微忍耐一下，听我跟你说。我今天来就是想给你讲这个故事，然后和你好好谈谈的。"我没有理睬她的挑逗，继续说下去，"还有就是时间的一致这个问题。我清楚地记得，春泥的名字突然从杂志上消失，是从前年年底开始的，这个时间和小山田先生从国外回来的时间，你告诉我是前年年底，这两个时间为什么如此一致呢？这是巧合吗？你怎么看？"

还没等我说完，静子就从房间一角拿来那条外国马鞭，塞进我的右手，突然脱掉和服，趴在床上，袒露出光滑的双肩，朝我扭过脸来。

"那又怎么了，那种事，那种事……"她发疯似的嚷着莫名其妙的话，一边叫喊着"快点打，打我呀！打我呀！"，一边拼命扭动起了上半身。

从仓库的小窗户能窥见灰色的天空，不知是电车的轰鸣还是远方传来的雷鸣，那响声和我自身的耳鸣混杂在一起，震耳欲聋，犹如从天而降的魔鬼军队擂响的隆隆战鼓，我不禁一阵胆寒。

也许是这样阴郁的天气和仓库里的诡异气氛使我们变得歇斯底里吧，后来回想起来，无论是静子还是我，当时的精神状态都不太正常。我望着床上她那具痛苦扭动的汗津津的雪白肉体，执拗地继续着我的推理。

"一方面，在这个案件中有着大江春泥的身影，这已是无可争议的事实。可是，另一方面，他仿佛人间蒸发了，日本的警察花了整整两个月也没找到那个有名的小说家。

"啊，我连想都不敢想。这件事居然不是噩梦，太匪夷所思了。他为什么不杀死小山田静子呢？为什么突然中断了恐吓信呢？他是凭借怎样的忍术溜进小山田的书房的呢？然后，怎么打开那个有锁的书柜的呢？……

"我不由得想到了一个人物，就是侦探小说家平山日出子。世人都以为他是个女人，连作家和记者也大多相信他是女人，据说日出子的家里每天都会收到青年读者写来的大量情书。其实人们不知道，此人是个男人，而且还是个不折不扣的政府官员。

"所谓侦探作家这种人，我也好，春泥也好，平山日出子也好，统统都是怪物。本是男性却要扮作女性，女性却扮作男性，猎奇的兴致一上来，便跑去那种地方找乐子。我听说有这么个作家，夜晚乔装成女子在浅草一带冶游，甚至跟男人玩恋爱游戏。"

我已经失控了，像个精神病似的喋喋不休，而且满脸是汗，汗珠甚至流进了嘴里。

"好了，静子夫人，请好好听我说，看我的推测到底有没有道理。连接春泥住所的圆的中心是哪里，请看一下这张地图，正是你的家！是浅草山之宿！这些住所都是从你家坐车十分钟以内可以抵达的地方……

"为何小山田先生一回国，春泥便消失不见了呢？因为这个人不再去学习茶道和音乐了，你明白吗？你在小山田先生不在国内的时候，每天下午到夜晚，都要去学习茶道和音乐……为我准备好证据，让我做出那些推测的人是谁呢？就是你呀！还有在博物馆与我偶遇，然后自由自在地操纵我的人，也是你呀！

"如果是你干的，那么，不论是在日记本上随意添加词语，还是把其他证据放进小山田先生的书柜，或是将手套扣掉在天花板上，就无不随心所欲了。我就是这样推测的，除此之外还有别的可能吗？

好了，请你回答吧，回答吧！"

"太过分了！太过分了！"赤条条的静子"啊"地叫了一声，朝我扑过来，把脸紧贴在我的衬衫上，哇哇大哭起来，我都能感觉到她的热泪。

"你为什么要哭呢？刚才为什么阻止我往下说呢？对你来说是事关性命的事情，应该想听下去才对呀。仅此一点，我就不能不怀疑你。你听我说，我的推理还没有完。

"大江春泥的夫人为何戴眼镜，镶金牙，贴止疼膏药，梳西式发型，还看着像个圆脸。这不是和春泥的《帕诺拉马国》里的乔装一模一样吗？春泥在那本小说中谈论过日本人变装的极致意趣，即改变发型、戴眼镜和嘴里含棉花，以及在《一钱铜币》里写过的在健康的牙齿上贴夜店买来的镀金假牙的方法。

"你的虎牙十分显眼，为了掩盖它，必须贴上镀金假牙；你的右脸上有一颗大黑痣，你就贴上止疼膏药来遮盖；你梳西式发型，能使瓜子脸变成圆脸。你就是这样变身为春泥夫人的。

"前天，我让本田偷偷观察你，让他看下你是不是很像春泥夫人。本田说，如果将你的圆发髻换成西式发型，戴上眼镜，装上金牙，和春泥夫人一模一样。好了，你都说出来吧，我全都弄明白了。事到如今，你还想蒙骗我吗？"

我推开了静子。她瘫软地倒在床上，号啕大哭起来，我等了半天也听不到她的回答。我被激怒了，忍不住挥起了手里的马鞭，使劲抽打在她的背上。我失去了理智："你回答不回答，回答不回答！"我一鞭接一鞭地抽个不停。

我眼看着她雪白的皮肤红肿起来，显露出渗着鲜血的蚯蚓之形。在我的鞭打下，她摆出一贯的淫荡姿势，浑身乱扭，痛苦地挣扎着，并用微弱的声音喃喃着："平田，平田……"

"平田？啊，看来你还想蒙骗我啊！你扮装成春泥夫人，就说明春泥这个人存在吗？春泥根本就不存在，他完全是虚构出来的。为了瞒过其他人，你就假扮成他的夫人，和杂志记者见面。所以，你才会不断地变换住所。然而，对有些人来说，虚构的人是瞒不住的，因此你才找来浅草公园的流浪汉，让他睡在家里。也就是说，并不是春泥扮成小丑，而是穿着小丑服装的男人扮成了春泥。"

静子趴在床上一动也不动，也不说话。只有她后背上的红色鞭痕如蚯蚓一般随着她的呼吸蠕动着。见她不再说话，我也渐渐恢复了理智。

"静子夫人，我本来没打算这样对你，按说可以冷静地好好说话。可是，你一直在竭力回避我的问话，而且还那样施展狐媚之术糊弄我，我才忍不住打你的。请原谅我吧！这样吧，你不说话也可以，我会将你做过的事，按照先后顺序说一下，如果有哪里说得不对，你就告诉我一声。"

接下来，我把我的猜测简明扼要地讲给她听。

"你作为女人，拥有相当的智慧与文采。读了你写给我的信，便一目了然。因此，你打算用匿名的方式，而且是男性的名字写侦探小说也是合乎情理的。不料，你的小说意外地获得了好评。而且，在你刚刚成名时，小山田先生去外国待了两年。为了排遣寂寞的时光，也为了满足你的猎奇癖，你偶然想到了一人三角的惊人诡计。你写过《一人两角》这部小说，于是以此基础萌生了一人扮演三个角色这样的奇思妙想。

"你使用平田一郎的名字在根岸租了房子。更早的池袋和牛込的住所仅仅是作为收信地址使用的吧？然后利用性格孤僻和经常旅行等理由，让平田这个男人与世隔绝，你则化装成平田夫人，代替平田做与人接洽稿件等事宜。就是说，你写作时变成了大江春泥——平田；与杂志记者见面或租房子时，便化身为平田夫人；在山之宿的小山田家里，就成了小山田夫人，即所谓的一人扮三角。

"为此，你必须每天打着学习茶道和音乐的旗号出去一个下午。也就是说，你半天是小山田夫人，半天是平田夫人，两人共用同一个身体。为此你必须换发型、换和服、化妆等，这些都需要时间，住得太远就很不方便。因此，你每次变换住所时，都是选择以山之宿为中心，坐车十分钟可达的地方。

"同为猎奇之徒，我非常理解你的心情。虽然劳心费力，但世上恐怕没有比这更富于魅力的游戏了。

"我还联想到一件事。曾经有个评论家这样评价春泥的作品：'充满不愉快的猜疑心，非女子不会有，恰似黑暗中蠕动的阴兽。'

我觉得那位评论家的话真是一针见血。

"短短两年过去了，小山田先生回了国，你不能继续一人扮三角，于是大江春泥便去向不明了。好在人们都知道春泥是个极端孤僻的人，对他不正常的去向不明也不觉得多么可疑。

"可是，你为什么要犯下那样可怕的罪行呢？我是个男人，不太明白你的心情，但是看了变态心理学的书籍后，我了解到患有歇斯底里症的妇女，常常自己给自己寄恐吓信，日本或国外都有许多这样的例子。

"就是那种自己也感到害怕，又想得到别人同情的心态，你肯定也是这样的。收到自己扮装的著名男性小说家寄来的恐吓信，这是多么妙趣横生的游戏啊！

"同时，你对上了年纪的丈夫渐渐感到不满足。而且丈夫不在国内的那段时间，你从变态的自由自在的生活中产生了无法控制的欲求。更尖锐地说，正如你曾经在春泥小说中所写的那样，对于犯罪，甚至杀人感到了难以抗拒的魅力。加上恰好有春泥这么个去向不明的虚构人物，你只要将众人的怀疑转移到这个人身上，便可以永远高枕无忧了，还可以和厌恶的丈夫离婚，继承大笔遗产，随心所欲地度过后半生。

"然而，你并不满足于此。为保万无一失，你设下了两道防线。为了这个计划，你选中的人就是我。你利用我常常非难春泥的作品这一点，把我当成提线木偶操控，来帮你报仇。所以，当我给你看那份意见书时，你一定觉得我很好笑。你觉得要蒙骗我，完全不费吹灰之力，是吧？觉得有手套扣、日记本、《新青年》杂志、《天花板上的游戏》等就足够了，是吧？

"可是，就像你常常在小说里写的一样，罪犯总会留下蛛丝马迹的。你拾到了小山田先生的手套上掉下来的装饰扣，把它当成重要的证据加以使用，却没有仔细了解它是什么时候脱落的。因为你完全不知道那个手套早就给司机了，这是多么可笑的失误啊。小山田先生身上的致命伤是如我之前推测的那样形成的，不同的是，并非小山田先生从窗外窥视你，而多半是他和你玩变态游戏时（所以才戴那顶假发），被你从窗户里推下去的。

"静子夫人，我的猜测有没有错呢？请你回答一下。可以的话，请指出我的推理的破绽好吗，静子夫人？"

我把手搭在瘫软的静子的肩头，轻轻摇晃她。可是，她也许因羞耻和后悔抬不起头来，仍然一动也不动，一句话也不说。

我把想说的一股脑儿地都说出来之后，忽觉有些失落，茫然地站在原地。眼前这个我昨天还非常钟爱的女人，此时却露出伤痕累累的阴兽原形，瘫作一团。我凝视着她，不禁眼眶一热。

"我该回去了。"我终于平静下来对她说，"你回头好好想一想，选择一条正道吧。这一个月来，我拜你所赐，见识到了从未体验过的情欲世界，而且一想到此，我就不想离开你，现在也是如此。可是，继续和你保持这样的关系，我的良心不允许。因为在道德上，我是个比别人敏感一倍的人……还是就此别过吧。"

我在静子后背的红肿鞭痕上留下深情一吻后，转身离开了我和她这对露水情缘的痴狂舞台——我们的鬼屋。天空越来越低，气温好像更高了。我浑身盗汗，牙齿却咯咯作响，像个疯子似的踉踉跄跄地走了。

# 十二

在第二天的晚报上，我看到了静子自杀的消息。

她可能也和小山田六郎一样，是从洋房的二楼投身隅田川，宿命般地溺水而亡的。命运真是恐怖，也许由于隅田川的水有固定的流向，她的尸体也同样漂流到吾妻桥下的汽船码头近旁，早上被路人发现了。

毫不知情的报社记者，在报道最后追加了一句："小山田夫人可能同样是为害死夫君六郎的那个犯人所害，悲惨地丧了命。"

看了这篇报道，我怜悯曾经的恋人可悲的横死，陷入深深的哀愁，虽说如此，又觉得静子的死，等于是坦白了她所犯下的邪恶罪行，也是自作自受，死不足惜。足有一个月我都是这样认为的。

可是，随着我发热的头脑渐渐冷却下来，恐怖的猜疑又占了上风。

回想起来，我并没有从静子嘴里听到过哪怕一句忏悔。虽然有各种证据支持我的推测，但这些证据的解读皆出自我的猜想，不可能是一加一等于二那样的确凿定论。实际上，我不也只靠着司机和天花板清洗工的证词，就从一度构想出来的似乎无懈可击的推理和各种证据中得出了截然不同的解释吗？我怎么能断言类似的情况不会再得出别的推测呢？

事实上，我在那个仓库的二楼逼问静子的时候，起初并不想那样凶狠地对待她，只打算心平气和地说明我的猜想，再听听她怎样辩解。可是，刚说了一半，她的态度就促使我不由得往坏处想，才那样无情地妄加断言。而且，最后我叮问了多次，她一直沉默不答，我便自以为她默认了自己的罪行。可是，如果那不过是我的误判呢？

结果，她自杀了。（可是，真的是自杀吗？他杀！如果是他杀，谁是凶手呢？真是越想越觉得恐怖。）即便是自杀，又能否证明她犯了罪呢？或许还有其他的缘由？例如，被一直信赖的我那样怀疑追问，她完全无从为自己辩解，感到失望至极，心胸狭小的她因为一时想不开就寻了短见。

倘若是这样，我虽没有直接下手，但杀死她的人不正是我吗？我刚才还说什么不是他杀，但这不是他杀又是什么呢？

不过，倘若我只是有可能杀了一个女人，还可以忍受。然而，我不幸的妄想癖萌生了更加可怕的念头。

她明显很爱我。被所爱的人怀疑自己是邪恶的凶手并受到追问，女人内心会作何感受？她不正因为爱着我，却受到情人无法辩解的怀疑，才悲痛欲绝，最终下决心自杀的吗？

再者，即便我的那番推理是符合事实的，她又为什么要杀死多年同床共枕的夫君呢？是为了自由，还是为了财产呢？这些东西具有让一个女人不惜杀人的诱惑力吗？这诱惑力不正是爱情吗？而她所爱恋的人不就是我吗？

啊，我到底该怎样解开这道世所罕见的可怕谜题呢？无论静子是不是杀人凶手，我都杀死了那般爱慕我的可怜的女人，我不得不诅咒自己的狭隘的道义之念。这个世上还有比爱情更美好的东西吗？我却以道学家那样的冷酷之心，亲手打碎了这般清纯美好的爱情！

如果她像我猜想的那样是大江春泥本人，且犯下了那桩可怕的杀人罪，我多少还可以安心一些。

但事到如今又该如何查证呢？小山田六郎死了，小山田静子也死了，只能认为大江春泥永久地从这个世上消失不见了。本田说静子很像春泥夫人，可是仅仅相似算什么证据呢？

我多次去见系崎检察官，打听后来的侦破情况，他的回答总是含糊其词，看样子搜索大江春泥没有什么进展。我又托人前往平田一郎的故乡静冈的住所进行调查，以为他是完全不存在的人的预判也落了空，调查结果显示，目前去向不明的平田一郎这个人物确实是真实存在的。可是，即便平田此人是真实存在的，即便他就是静子曾经的恋人，又如何断定他就是大江春泥，就是杀害六郎的犯人呢？他现在无处可寻，所以我也无法断言静子没有将从前恋人的名字用于一人三角中的一人。我征得小山田家亲戚的许可，彻底检查了静子的随身物品、信件等，想从中寻找到一些证据，可是这个努力也是一无所获。

我对自己的推理癖、妄想癖真是后悔莫及。可能的话，为了探查平田一郎——大江春泥的行踪，明知是徒劳，我也要找遍日本全国乃至世界的尽头，哪怕花费一生的光阴，也在所不惜。（但是，即便找到了春泥，不管最终证实他是凶手或不是凶手，我的痛苦也只能与日俱增了。）

静子惨死已经过去了半年，但平田一郎一直不曾现身。我那无法挽回的可怕的猜疑，将逐日逐月、越来越深地持续下去。

# 镜地狱

江 户 川 乱 步 猎 奇 篇

"想听特别离奇的故事？那给你们讲讲这个故事怎么样？"

　　一天，五六个人凑在一起轮流讲恐怖或是稀奇古怪的事，轮到最后，一个名叫K的朋友这样开了头。他讲的故事是真有其事还是他瞎编的，我不曾追问，所以也不清楚。大概因为在他之前已经听了很多离奇的故事，加上那天已是晚春，天空阴沉沉的，空气犹如深水水底一般混沌，讲故事的和听故事的都变得有点儿神经兮兮的，反正那个故事给我留下了极不寻常的印象。他讲的是这样一个故事。

　　我有一个不幸的朋友，姑且叫"他"吧。他不知何时患上了一种非常罕见的怪病，说不定他的祖先曾有人得过这种病，遗传给了他。我这么说，并非没有根据的猜测，说起来在他的家族中，其祖父或是曾祖父信奉过天主教，所以他家的葛藤箱底收藏着好多古旧的西洋书、圣母像、基督受难的绘画等。和这些东西放在一起的还有出现

155

在《伊贺越道中双六》里的一个世纪前的望远镜、奇形怪状的吸铁石，以及当时被称为吉雅曼或者毕多罗①的漂亮玻璃器皿。他很小的时候就常常让家人把这些东西拿出来给他玩。

说起来，他从幼年开始，就对能够映照出物体形状的东西有着特殊的嗜好，比如玻璃、镜头、镜子等。他的玩具都是幻灯机、望远镜、放大镜什么的，此外还有与之近似的将门眼镜②、万花筒以及多棱镜那样的可以把人和器具等变得细长或变得扁平的玩具。

我还记得在他的少年时期，曾经发生过这样一件事。有一天，我去他的书房玩，看见桌上放着一个旧梧桐木箱，他手里正拿着古老的金属镜（大概是从这个箱子里拿出来的），对着阳光，将阳光反射到灰暗的墙壁上。

"怎么样，很有趣吧？你看那儿，这么平的镜子照到那儿，就出现了奇妙的字。"

听他这么一说，我朝墙上看去，令人吃惊的是，白色的光圈之中竟然以白金般耀眼的光芒组成了一个有点儿变形的"寿"字。

"好神奇啊，怎么弄的呀？"

我不禁这样问道。这简直太神了，还是孩子的我感到又新奇又恐怖。

---

① 此处"吉雅曼"和"毕多罗"是日语从葡萄牙语中引入的外来词语，"吉雅曼"意为钻石，"毕多罗"意为玻璃。
② 将门眼镜：一种玩具，也叫章鱼眼镜。从这种眼镜的镜头中看一个东西时，会出现多个重影。

"我就知道你弄不明白，告诉你这是怎么回事吧。你一知道谜底，就不会觉得奇怪了。你看看这里，在这面镜子的背面不是刻着个'寿'字吗？就是这个字映出来的呀！"

果然如他所说，青铜色的镜子背面有漂亮的浮雕。可是透过镜面为什么会照出那个"寿"字呢？不论从哪个角度看，镜面都是光滑的平面，并没有把脸照得凹凸不平，但它只通过反光，就可投射出不可思议的字形来，好像施了魔法一样。

"其实，这根本就不是什么魔法。"

他看见我满脸惊异的样子，给我解释起来。

"我听父亲说过，金属镜子这种东西和玻璃镜子不同，不经常打磨的话，就会变得模糊不清。这面镜子是我家祖上传下来的，不知打磨了多少回呢。结果，每次打磨的时候，背面的浮雕部分和其他部分的金属厚度就会一点点地接近起来，肉眼是看不出来的。这是由于浮雕凸起的部分受力多一些，其余部分受力少一些，这种肉眼看不出来的受力差异可不得了，对着阳光一照，就会出现那个'寿'字。你明白了吗？"

听他这么一讲解，我虽然大致明白了，可是照镜子时看不到丝毫凹凸的平滑表面，对着阳光一照就会出现明显的凹凸这种匪夷所思的效果，如同用显微镜看到某个东西的细微模样觉得可怕一样，令我不禁悚然。

因为这面镜子太不可思议了，所以我的印象特别深，但这不过是举个例子，他少年时玩的差不多都是这一类玩意儿。奇怪的是，连我也受到了他的影响，至今仍然对镜头之类的东西抱有超乎常人的好奇心。

不过少年时他的这种嗜好还没有多么严重。但是升入中学高年级，开始学习物理后，你也知道，物理课上会讲到镜头或镜子方面的知识，他对此简直走火入魔了。就是从那时候开始，他变成了一个近乎病态的镜头狂。说到这个，我想起一件事。一次在教室里上物理课时，讲到凹面镜，老师拿出一面很小的凹面镜让学生传看，每个人都用它照了照自己的脸。我当时长了一脸粉刺，总觉得这些疙瘩和性欲有着某种关联，特别难为情。我不经意地看了一眼凹面镜，不禁吃惊得差点叫出声来，因为脸上的一个个粉刺被放大到宛如用望远镜看到的凹凸的月球表面一般巨大。

貌似小山包的粉刺尖端如石榴般裂开，从里面渗出黑乎乎的血，宛如海报上的戏剧杀人场面那么吓人。也许是由于长粉刺而感到自卑，自从看到那面凹面镜中自己恐怖而丑陋的面孔后，只要看见凹面镜——在博览会或者闹市都会展览上——我就吓得要死，立马逃之夭夭。

但是，他那时也看了凹面镜，与我相反，他丝毫没有觉得恐惧，反而特别感兴趣似的发出"哇！"的惊叹声，响彻整个教室。因为他的声音太夸张了，同学们都哄笑起来。从那以后，他就迷上了凹面镜。他买来大大小小各式各样的凹面镜，还用金属丝和厚纸板做成复杂的操纵装置，一个人得意地咻咻地笑。他本来就有这方面的爱好，加上有一般人不具备的琢磨奇巧装置的才能，甚至特意让人从国外寄来了有关魔术方面的书。有一次，我去他的房间，看到一种叫魔法纸币的东西，被吓得不轻，这个东西让我至今都惊叹不已。

那是一个二尺见方的纸箱，前方开了一个像建筑物入口的洞，入口处插着五六张一日元纸币，就像插在信夹中的明信片一样。

"你把纸币拿出来。"

他把纸箱抱到我面前，若无其事地说道。我照他说的伸手去抽取纸币。不可思议的是，明明看着是纸币，用手去拿时却像烟雾似的，一点儿触感也没有。我吓得魂都飞了。

"咦？"

他看我吓成这样，觉得有趣，一边笑一边给我解释。原来这是英国的一位物理学家发明的一个魔术，用的道具就是凹面镜。具体原理我记不清了，大致是这样的：将真的纸币平放在箱底，在纸币上面斜着安一个凹面镜，将电灯置于箱内，光线照在纸币上，这样，根据位于凹面镜焦点一定距离的物体，因为一定角度会在一定位置出现影像的原理，纸币会清晰地映在箱口上。如果是普通镜子，看上去绝不会那么逼真，可是使用凹面镜就会匪夷所思地呈现那样真实的影像，那纸币简直跟真的一模一样。

就是这样，他对于镜头和镜子的异常嗜好一天比一天强烈起来。中学毕业后，他不想再上高中，他父母对他过于娇惯，只要是儿子的要求，一般都会答应。于是，中学一毕业，他就觉得自己成了大人，在庭院的空地上盖了一间小实验室，整天在里面鼓捣那些稀奇古怪的玩意儿。

以前，他要去学校上学，时间上多少会受到限制，所以还不是太投入。现在他从早到晚都泡在实验室里，这种痴迷的病况便以恐怖的速度加速发展起来。他本来朋友就少，毕业之后，他的世界更是局限在那间狭小的实验室了。他从来不出去玩，来访者也渐渐减少了。去他房间的除了他的家人，就只有我一个了。

我也是偶尔去他那里，但每次去，都看到他的病情在不断加重，如今已经接近发狂的状态了，我禁不住暗自瑟缩。而一年夏天，他的父母因为患了流行性感冒不幸双双亡故，这促使他的这种病态嗜好越发严重。从此，他不需要顾忌任何人，再加上继承了一大笔遗产，所以可以随心所欲地进行他的奇怪实验。更要命的是，他已经二十出头，对女人开始感兴趣。有着这种怪癖的他，在情欲上也很变态，而且这与他天生的镜头癖好相结合，二者都以迅猛的势头发展起来。我下面要讲述的，就是最终酿成了可怕结局的一起悲惨事件，在讲述之前，我先举两三个例子，好让诸位多少了解一下他的病情发展到了何等程度。

他家坐落在山手地区的一处高地上，刚才提到的实验室就建在宽阔庭院的一角，可以俯瞰整个街区人家的砖瓦屋顶。起初，他把实验室的屋顶建成天文台的形状，并在上面安装了一台很大的天文望远镜，沉迷于星星的世界。那个时候，他通过自学，已经具备了简单的天文学知识。可这种凡庸的爱好并不能让他满足，他还在窗边架设了高倍望远镜，变换各种角度偷看下面街区那些敞开窗户的房间，从不道德的偷窥中感受乐趣。

即使是有板壁遮挡的人家，或是前面有别人家遮挡的住户，在高倍望远镜下也能看见。那些住户以为别人看不到，根本想不到会有人从很远的山上用望远镜偷看自己，所以无所顾忌地做各种私密行为。这些场面就像发生在他眼前一样，看得一清二楚。

"看这个，我真是欲罢不能啊。"

他常这么说着，把用窗边望远镜窥探他人生活作为最大的快乐。仔细想想，这无疑是相当有趣的恶作剧。有时他也让我看，可是看到突然出现在眼前的种种奇观，我只觉得脸上发烧。

除此之外，他还配备了一种叫潜望镜的设备，就像从潜艇中观望海面的情况那样，他在自己屋内可以看到用人，特别是年轻女佣的私人房间，而丝毫不会被对方察觉。不仅如此，他还用放大镜或显微镜观察微生物的生活。更奇葩的是，他居然饲养了跳蚤，将跳蚤放在放大镜或低倍显微镜下，让它爬来爬去，看跳蚤是怎样吸他的血，或者把很多虫子放在一起，观察同性之间互相打斗、异性之间和睦相处的情形。尤其恐怖的是，他曾经让我看过一次显微镜，以前觉得很普通的跳蚤，竟变得极其可怕。他把跳蚤弄得半死，然后用显微镜放到最大，观察跳蚤痛苦挣扎的样子。那是一副能放大五十倍的显微镜，我看到那只跳蚤被放大到充满了镜头，从嘴到脚爪，连身上的一根根细毛都看得一清二楚，这么比喻或许有点儿奇怪，但大得简直像一头猪。只见跳蚤在黑紫色的血海中（其实不过是一滴血），背部一半已经被压扁，手脚在空中乱抓，嘴拼命朝前伸，垂死挣扎着，我仿佛能听到它嘴里发出的恐怖的哀鸣。

这类零碎小事，要是一件件说起来就没完了，姑且省略不谈，说点重要的。从当初建造实验室开始，他的这种癖好便与日俱增。我记得发生过这样一件事。有一天我去看他，我打开实验室的门，只见百叶窗被拉了下来，屋内一片昏暗，只有正面墙上（大概有两米见方）好像有什么东西在蠕动。我怀疑自己产生了错觉，揉揉眼睛仔细看，还是发现有东西在蠕动。我站在门口屏住呼吸，盯着那个怪物看，渐渐地，那个雾蒙蒙的东西变得清晰起来。细密的仿佛种着钢针的黑色草丛，下面有一双脸盆大小闪闪发光的眼珠，从茶色瞳孔到白眼球的血管形成的河流，都像是柔焦照片，虽朦朦胧胧，却能看清楚。此外还有犹如洞穴般的鼻孔，棕榈状的鼻毛在里面闪闪发光，两瓣嘴唇足有两个坐垫叠起来那么大，血红的嘴唇里露出瓦片般发亮的洁白牙齿。总之，整个房间就是一张人脸，它活生生地蠕动着。这并非电影画面，从动作的无声无息，以及生物本身的色泽可以看出来。此时，我已不仅觉得毛骨悚然，甚至怀疑自己疯了，不禁发出一声惊叫。就在此时，另一个方向传来了他的声音：

"吓着你了吧？是我呀，是我呀！"

吓得我差点跳起来的，是他在说话时，墙上怪物的嘴唇和舌头也在动，脸盆大的眼睛眯成一条缝冲我一笑。

　　"哈哈哈哈……我这个创意怎么样啊？"

　　房间里的灯突然亮了。他从暗室出来，不用说，墙壁上的怪物也同时不见了。各位大概想象到了，这就是实景幻灯——通过镜子和镜头的强光，将实物照成幻灯。小孩子的玩具里也有这种东西，但是他别出心裁地将这个制作成超大号道具，并且映照的是他自己的面孔。听起来没什么稀奇的，却特别吓人。总而言之，搞这种恶作剧就是他的嗜好。

　　与此类似的还有更不可思议的。这回换成了明亮的房间，能看见他的脸，可是将那个怪异的、装了几面镜子的装置往他面前一放，如果只对着他的眼睛，他的眼睛就变成洗澡盆那么大，突然呈现在我眼前。他有时冷不丁给我来一下，把我吓得像做了噩梦似的瑟瑟发抖，魂飞天外。其实说穿了，这个玩意儿也和前面说到的魔法纸币一样，只是用了很多凹面镜将图像放大了而已。虽然知道在理论上可以做得到，却需要花费大量的金钱和时间，所以没有人愿意做这种蠢事，因此也可以说这是他的发明，然而他接二连三地给我展示此类可怕的东西，令我渐渐觉得他像个可怕的怪物了。

　　此事之后大约过了两三个月，他不知是怎么想的，把实验室隔出小区域，上下左右都贴上镜子，即人们常说的镜子屋。门窗等也都是镜子制作的。他经常拿着一支蜡烛进去，一个人长时间待在里面。谁也不知道他为什么这么做，但可以大致想象他在里面看到的情景。他站在各面都是镜子的房间中央，身体的所有部分都会由于镜子之间的相互反射而被照出无数个映像。他肯定会感到自己的上下左右都有无数个和他相同的人密密麻麻地蜂拥而来。想一想都让人不寒而栗。小时候，我曾在八幡不知薮①的稀奇物展会上体验过镜子小屋，那不过是些形式上的替代品，可即便是这种做工不佳的东西，也让我感到害怕至极。所以他劝我去镜屋的时候，我坚决拒绝了。

后来，我发现他并不是一个人进入镜屋的，另一个人是他喜欢的一个女佣，也是他的女友，一个十八岁的漂亮女孩。他常常说：

"那个女孩唯一的可取之处就是她浑身上下有无数很深的阴影。虽说她的皮肤色泽不错，肌理细腻，身体像海兽那样富有弹性，但是比起这些来，她的美主要藏在身体的阴影里。"

每天他都与那位姑娘一起在他的镜子王国里嬉戏。由于镜屋是在封闭的实验室中的小屋，所以从外面无法看到里面的情况。听说他们俩有时候在里面一待就是一个多小时。当然，他也经常一个人待在里面。甚至传闻，有时候，由于他进入镜屋后长时间没有一点儿动静，用人过于担心而去敲门，这时，门突然打开，他竟然赤身裸体地从里面走出来，一句话也不说，径直去堂屋了。

从那时候开始，他原本就不太好的身体更是每况愈下，与之相

---

① 八幡不知薮：通常指千叶县市川市八幡的森林。传说那是非常容易迷路的迷宫森林，进去就很难出来。

反，他病态的嗜好却变本加厉起来。他开始投入大笔钱财，搜集各种形状的镜子。后来，他真的搜集到了诸如平面、凸面、凹面、波浪形、圆筒形等奇形怪状的镜子。宽大的实验室几乎被每天不断送进来的各种变形镜堆满了。更令人吃惊的是，他还着手在院子正中央建造一个玻璃工厂。厂房是他自己设计的，工程师和工匠也是他精挑细选的，生产出来的产品都是日本独一无二的好东西。他为了这个工厂，不惜把所剩不多的财产全部投进去了。

不幸的是，没有一个亲戚阻止他这么做。虽然用人中有人实在看不下去，好言相劝，但劝他的人都立刻被解雇了，剩下的都是些冲着高薪水来的卑鄙家伙。在这种情况下，我作为他在人世间唯一的好友，应该想方设法开导他，劝他停止这种疯狂之举。不用说，虽然我试着劝过他好几次，可是鬼迷心窍的他哪里听得进去。而且这种事也不算是做坏事，反正是挥霍自己的家产，外人没什么道理好讲。我除了眼看着他一天天地消耗家产和生命，为他揪心，没有别的办法。

因此，从那时起，我便频繁出入他家了。我想，这样至少可以顺便监视他的行动。结果，在他的实验室中，我就是不想看也不得不看他那些令人眼花缭乱的魔术。那的确是一个令人吃惊的荒诞而魔幻的世界。他的怪癖简直达到了登峰造极的地步，与此同时，他令人称奇的天才才能也得到了淋漓尽致的发挥。我真不知该用什么语言来形容当时的所见所闻，那是走马灯般变换着的、绝非世间所有的光怪陆离的光景。

借由外面买回来的镜子，不够的或是外面买不到的形状的镜子，他便用自家工厂里生产的镜子来补充，就这样，他的梦想得以不断地实现。有时，实验室上方飘浮着的都是他的头，有时是他的身体或脚。不用说，这是将巨大的平面镜斜着镶嵌在整个屋内，在一个地方开个洞，他把头和手脚从洞里伸出来形成的。虽说那只是魔术师的老把戏，但表演者并不是魔术师，而是我那病态的、钻牛角尖的朋友，这必然让我感到某种不同寻常的震撼。有时候，整个房间里充斥着凹面镜、凸面镜、波形镜、筒形镜，在屋子中央乱蹦乱跳的他，变得或巨大，或微小，或细长，或扁平，或弯曲，或只有身子，或头连着头，或一张脸上有四只眼，或嘴唇无限向上或向下伸长、收缩，而它们的影子也相互交错，杂然纷乱，有如狂人的恣意幻想。

有时，整个房间变成了一个巨大的万花筒。在他自制的咔嗒咔嗒旋转的数十尺高的镜子三角筒中，放满了仿佛将花店都搬来的各种花草，那万紫千红的色彩就像吸食鸦片后做的梦一般。一片花瓣在这里竟变成一张铺席那么大，这花瓣化作成千上万的五色彩虹，化作极地之光覆盖了眼前的世界。在当中，全身赤裸的他如庞大的秃头妖怪，展示着他仿佛月球表面的粗大的毛孔，疯狂地跃动着。

除此之外，他还会很多其他的恐怖魔术，绝不亚于上面介绍的那些。那种让人在看到它的刹那就会昏过去或变成瞎子般的魔界之美，我实在不具备将其表达出来的能力，况且即使我现在描述出来，又怎么能使人信服呢？

他就是这样日日沉迷于癫狂状态，最终走向可悲的毁灭境地。我的这位最亲密的朋友最后真的变成了一个疯子。尽管我一直认为他的所作所为并非理智的，然而，他虽那般疯癫，一天的大部分时间里却跟正常人是一样的。他也读书或拖着瘦骨嶙峋的身体在镜子工厂里监督指挥。我去找他的时候，他会对我大谈他一向主张的那套不可思议的唯美思想，并没有什么不正常的。可是，我万万想不到，他最后竟落到那么凄惨的地步。究其原因，恐怕还是在他身体里的恶魔在作怪，不然就是他太沉溺于魔镜之美，触怒了神明吧。

一天早上，他的一个用人跑到我家敲门，把我叫醒了。

"出事啦，我家夫人请您马上过去。"

"出事了？怎么回事？"

"我们也不太清楚，还是请您马上去一趟吧。"

用人和我都脸色苍白，快速地这样一问一答后，我便火速向他家赶去。他还在实验室里，我飞奔进去一看，除了刚才被称作夫人的他的女佣兼情人，还有几个用人呆呆地站在那里，死盯着一个奇怪的物体。

那个物体比表演杂技用的踩球大了一圈，外面包着一层布。它在收拾得整齐宽敞的实验室里，像个活物似的忽左忽右地翻滚着。更令人恐怖的是，物体里面还传出一阵阵既非动物也不像人声的笑声般的呜呜声。

"这到底是怎么回事？"

我只好先抓住那个女佣问。

"我也不清楚。总觉得那里面的是老爷，可是我根本不知道这个大球是什么时候做出来的，而且也不敢去碰它……刚才我喊了好几声，可里面只传出奇怪的笑声。"

听她这么一说，我马上靠近那个球，查看发出声音的地方。很快，我在滚动的球表面找到了两三个像是透气用的小孔。我胆战心惊地把眼睛贴到其中一个小孔上往里面看，只见有刺眼的光在闪烁，好像里面有人在蠕动，还有令人毛骨悚然的笑声，但还是搞不清里面的状况。我从那个小孔试探地喊了两三声他的名字，不知里面是人还是别的什么东西，没有一点儿回应。

就在看着球不停地翻滚时，我忽然发现球表面的一个地方是由四边形的切口构成的，它好像是进入球内的门。按它时，发出咔嗒咔嗒的声音，可是，由于上面没有把手，我无法打开它。再仔细一看，那上面留有一个金属孔，似乎是拧过把手的痕迹。由此看来，说不定人进入那个球以后，不知怎么搞的，把手脱落了，结果无论从外面还是从里面都打不开门了。果真如此的话，这个人被关在里面已经整整一个晚上了。把手会不会掉在附近了呢？我便在周围寻找，不出所料，在房间一角果然躺着一个圆形金属，将它对准刚才的金属孔，尺寸正好吻合。可麻烦的是把手断了，即使插进孔内，也无法将门打开。

令我百思不解的是，被关在里面的人也不求救，只是哈哈哈地笑。

"说不定……"

我突然意识到了什么，不由得面色变得惨白。已经没有时间思考了，现在最要紧的是把人救出来，只有把球砸坏这一个法子了。

我立即跑到工厂去，取了一把大锤，对着球使劲砸起来。出乎意料的是，球的内部好像是用厚镜子做的，只听咔嚓一声，那个球瞬间成了无数块碎片。

从里面爬出来的正是我那个朋友。我刚才就猜到是他，果不其然。虽说如此，人的容貌怎么会在一天之内变化这么大呢？直到昨天，虽说他身体衰弱，表情却总是神经质地紧绷着，看上去有点儿可怕，但现在，他的表情就像个死人，整个脸上的肌肉都是松弛的，头发抓挠得乱糟糟的，布满血丝的眼睛无神地睁着，嘴巴大张着，哈哈哈地笑个不停。他这副样子简直让人不忍直视，就连深受他宠爱的那个女佣也被他吓得连连后退。

不用说，他真的疯了。可是，到底是什么使他发疯的呢？他不像是因为被关在球里而发疯的人。再说，那个奇怪的球到底是个什么道具？他为什么要钻进球里去？关于这个球，在场的没有一个人知道，可见是他命令工厂秘密制作的。那么他到底想用这个玻璃球干什么呢？

他在房间里转来转去，笑个不停，好不容易才平静下来的女佣，流着眼泪抓着他的衣袖。就在众人乱作一团之际，镜子厂的技师来上班了。他见此情景大为吃惊，我也顾不了那么多了，立即向他问了一连串的问题，技师战战兢兢地回答了我的问话。我把他回答的要点归纳了一下，大致如下：

很早以前，他就命令技师制作一个大约三分厚、直径四尺的中空玻璃球。在保密状态下，技师开始赶工，直到昨天很晚才终于完工。技师当然不知道那个玻璃球的用途，只是按照他的奇怪吩咐去做。球的外部要涂上水银，内侧都做成镜面，里面好几处要装上强光小灯泡，球上还要开一处人可以出入的门。玻璃球刚一做好，技师就连夜把它运到实验室，并将小灯泡的电线与室内灯的电线连接起来。技师说他们把这个球交给主人后就回家了，之后发生了什么事情他一概不知。

我让技师先回去，让用人照看发疯的朋友。我看着散落一地的奇怪的玻璃碎片，苦苦思索着这件怪事，想找出答案。我久久地盯着玻璃球冥思苦想，突然想到，他大概是在他智力所能达到的极限内进行各种镜子装置的试验，也尽情地享受这些装置带给他的快乐，最终想出了这个玻璃球吧。就是说，很可能是他要亲自进入球内，看一看玻璃球映照出的奇妙影像。

那么，他为什么会发疯呢？更重要的是，他在玻璃球里面究竟看到了什么？想到这里，我顿时感到被冰柱插入脊髓般异乎寻常的恐惧直逼心脏。他到底是因为进入玻璃球后，在强光的照射下，看到自己可怕的影像发了疯，还是因为想逃出玻璃球，却将门把手折断了，想出去又出不去，在狭小的球体内痛苦地挣扎，最终发了疯呢？应该是这二者之一吧。那么，究竟是什么东西让他感觉那样恐怖呢？

这个球似乎不是一般人能想象的。试想进入球体镜子的内部的人，在这个地球上有过先例吗？在那个玻璃球壁上会映出什么样的影像，恐怕连物理学家也无法推算出来吧。说不定那是超出我们想象的、充满恐怖与战栗的另一个世界，一个无比可怕的恶魔世界。在那里，他照出的或许不是他自己的影像，而是别的什么东西。那东西究竟是什么模样，人们无法想象。但可以确定的是，那个会令人发疯的什么东西覆盖了他的视野，席卷了他的宇宙。

我们能够想象的，只是把球体一部分的凹面镜的恐怖感拓展到了整个球体。想必你们都知道凹面镜的恐怖吧，面对那种凹面镜，人就仿佛把自己放在显微镜下一样，看到的是噩梦般的世界，而那球体镜，则是将无数个凹面镜连接得无边无际，如同把我们全身包在其中一样。仅是这样，就等于把单个凹面镜的恐怖放大几倍甚至几十倍。光是想象一下，我们就已经感到惊悚万分了。那是由凹面镜构成的小宇宙，并非我们人类这样的世界。它必定是完全不同的，属于疯子的世界。

我的那位不幸的朋友，就这样一味地痴迷于镜头、镜子，在不该走极端的事情上走极端，也许是触怒了神灵，或是受到恶魔的引诱，最终葬送了自己。

由于他后来疯着去世，所以无法确认事情的真相。而时至今日，至少我还不想否定这一猜测——他正是因为贸然进入镜子球体的内部，才最终导致送命的悲惨下场。

# 目罗博士

江　户　川　乱　步　猎　奇　篇

# 一

　　我有时会为了构思侦探小说的情节漫无目的地到处转悠，如果不离开东京，那么所去之处无非浅草公园、花屋敷[1]、上野的博物馆、上野动物园、隔田川的游船、两国国技馆[2]（那个拱形屋顶让我联想起往年的全景馆，所以特别吸引我）等。我刚在国技馆参观完"妖怪大会"，正走在回家的路上，穿过久违的八幡不知薮那样的迷宫树林，不知不觉地沉浸在了孩童时期的怀旧记忆里。

　　这话还要从那时候——那几天频繁被催稿，我在家里待不住，就在东京市内闲逛了一周左右——我在上野的动物园里偶遇一名怪人说起。

　　傍晚时分，马上就到闭园时间了，游客大都已经回家，园内变得寂静无声。

---

① 花屋敷：花园游乐园，1853年开园，是日本最早的游乐园。
② 两国国技馆：东京著名运动场馆，以主办相扑比赛而闻名。

看戏剧和曲艺等时，人们等不及看完最后的节目，一心惦记着躲开换鞋处拥挤的人群而早早往外走的江户习性，实在不符合我的风格。

动物园也是这样，东京的人不知为何都急着回家。门还没关呢，园里已空空如也，连人影都看不到了。

我木然地站在关猴子的笼子前，享受着刚刚还人声嘈杂，此刻却静得有些异样的动物园。

不知是不是因为没人逗它们了，猴子也安静下来，显得很无聊。

由于周围太安静，过了一会儿，我忽然感到后面有人，吓了一大跳。

那是一位留着长发、面容苍白的青年，穿着没有半点褶皱的衣服，看样子像是人们所说的流浪汉。尽管脸色苍白，他却开心地逗起笼中的猴子来。

看来他是动物园的常客，逗起猴子来很有一套。只给一个吃食，也要让猴子表演好多动作，直到尽兴才把吃的扔过去。我觉得特别有趣，在一旁嘻嘻地笑着看他逗猴子玩。

"猴子这种动物，为什么爱模仿别人的动作呢？"

男人突然和我搭话。他那时正把橘子皮向上抛然后接住，再抛再接住。笼子里的一只猴子也把橘子皮抛了又接，和他的动作完全相同。

我对他笑了笑，男人又说：

"模仿这件事，其实细想起来挺可怕的。我说的是神明将这种本能赋予猴子这件事。"

我发现这个男的还是个哲学家流浪汉。

"猴子会模仿虽然奇怪，人类会模仿可就不奇怪了。神明也赋予了人类一些和猴子一样的本能，仔细想想很可怕。你听说过旅行者在山里遭遇大猴子的故事吗？"

男人好像挺爱说话，逐渐话多起来。我生性腼腆，不太喜欢跟陌生人聊天，但对这个男人，我竟提起了兴趣。可能是因为他苍白的面容和乱糟糟的头发吸引了我，或是我喜欢他哲学家似的说话方式。

"没听过。大猴子干什么了？"

我想听听这个故事。

"那是在没有人烟的深山里，一个独自旅行的人遇到了大猴子。结果，他的腰刀被猴子拿走了。猴子把刀拔了出来，觉得很好玩似的朝他胡乱挥舞起来。旅行者是个城里人，这把刀被抢走就没有别的刀了，所以情况十分危险，可能连命都保不住。"

在暮色笼罩的猴笼前，脸色苍白的男人开始讲述怪异的故事，这情景让我欣喜。我不时"嗯、嗯"地附和着。

"他想夺回刀，可对方是擅长爬树的猴子，实在无计可施。但是，这位旅行者脑子灵光，想出了一个好办法。他捡起地上的树枝，把它当成刀，做出各种动作给猴子看。可悲的是，那猴子被神明赐予了模仿人的本能，开始模仿旅行者的动作，最后把自己杀死了。你问为什么会这样？因为旅行者趁猴子模仿得越来越起劲时，用树枝不停地抽打自己的脖子给它看。猴子也模仿他，用腰刀砍自己的脖子，这还受得了？血都流出来了。流血的猴子仍然不停地砍自己的脖子，就这么命丧黄泉了。这样旅行者不但取回了刀，还带回了一只大猴子当土特产，就是这么个故事。哈哈哈哈……"

男人讲完故事后笑起来，笑声有点儿阴阳怪气。

"哈哈哈哈，怎么可能？"

我笑道，但男人突然认真地说：

"是真事。猴子这种动物，就是背负着这种既悲哀又可怕的宿命。要不要试验一下？"

男人说着，从附近的地上捡了根木片，扔给了一只猴子，自己用带来的拐杖，假装割脖子给猴子看。

你猜怎么着？这个男人看来非常熟悉猴子的习性，那猴子果然把木片捡起，随即放在自己的脖子上蹭了起来。

"你瞧瞧，如果那木片是真刀的话会发生什么？那只小猴就死掉了。"

宽阔的动物园内空无一人。在枝繁叶茂的树荫下，夜幕已经制造出阴沉的暗影。我感觉浑身汗毛都竖起来了，仿佛面前的苍白青年不是一般人，而是变成了魔术师那样的人。

"你现在知道模仿有多么恐怖了吧？人类也是一样啊。人类也不得不模仿，打出生起就注定了这悲哀而可怕的宿命。社会学家塔尔德①甚至把人类生活用'模仿'二字加以概括。"

我现在已经记不清他的话了，只记得青年还对我侃侃而谈了许多关于"模仿"的恐怖之处。而且他还对镜子抱有异常的恐惧。

"一直盯着镜子看，你不会感到害怕吗？我觉得没有比镜子更可怕的东西了。为什么可怕呢？因为在镜子里有另一个自己，像猴子一样在模仿人。"

我记得他说过这句话。

动物园的关门时间到了，我们在工作人员的催促下走出了动物园，但是仍然没有分开，而是在夜幕降临的上野森林里一边聊天一边并肩而行。

"我认识你。你是江户川先生吧？写侦探小说的。"

走在昏暗的林间小道上，冷不丁听到这句话，我吓得一激灵。对方仿佛变成了一个深不可测而且令人生畏的人，但同时，我对他的兴趣也增进了一步。

"我是你的书迷。说实话最近的新作没多大意思，但以前的比较新奇，我特别爱看。"

男人不客气地说道。这一点让我颇有好感。

"啊，月亮出来了。"

青年说话总是很跳跃，我甚至开始怀疑这家伙是不是脑子不正常。

---

① 塔尔德：法国的社会学家、心理学家和犯罪学家。著有《模仿的定律》等。

"今天是十四号吧，快满月了。月光如水指的就是这种景色吧。月亮的光是多么奇妙的东西啊！我在哪本书里读到过月光会施妖术这句话，所言不虚啊。景色明明没变，在月光下看起来却和白天迥然不同。就连你的脸也一样，和刚才站在猴笼前的你，判若两人。"

他边说边直勾勾地盯着我看，我不禁感觉怪怪的，忽然发觉对方脸上宛如黑洞一样的双眼、发黑的嘴唇好像是某种诡异可怖的东西。

"说到月亮，和镜子也有些渊源。不是有'水中月'这样的词，以及'月亮变成镜子该有多好'这样的话吗？这就说明月亮和镜子之间存在某种共通之处。你快看这美景。"

他指的是下面熏银一般朦朦胧胧的、看似有白天两倍大的不忍池。

"你不觉得白天的景色是真实的，而现在月光照到的是白昼之景倒映在镜中形成的镜中之影吗？"

青年本身如同镜子里的影子，有着模糊不清的身形和白蒙蒙的脸。他说：

"你不是在寻找写小说的素材吗？我有一个非常适合你的故事，是我自己的亲身经历，我跟你讲讲吧，你想不想听我讲？"

我确实在找寻小说创作的灵感。但即便不是为了这个，我也想听听这位奇特男子亲身经历的故事。从他刚才的话可以想象，他要讲的绝不是随处可见的无聊故事。"给我讲讲吧！可以一起找个地方吃顿饭吗？找个安静的房间慢慢讲给我听吧。"

我刚说完，他就摇着头说：

"不是要谢绝你的款待，我从不会惺惺作态，只不过，我的故事并不适合在明亮的灯光下讲。只要你不介意，就在这儿，坐在这张长椅上，沐浴着会使妖术的月光，眺望着仿佛巨大镜子般的不忍池给你讲吧。也不是很长。"

　　这个青年的喜好正合我意。于是就在这能俯瞰不忍池的高处，我和青年并排坐在树林里的石头上，听他讲述他非比寻常的故事。

<br>

## 二

"你知道柯南·道尔写过一部名叫《恐怖谷》的小说吧？"

青年突然开了头。

"估计那是两座险峻山峦之间的峡谷。但是恐怖谷并不限于自然界里的峡谷，在东京正中央的丸之内，也有个恐怖的大峡谷。

"夹在高楼大厦之间的狭窄小路，比自然形成的峡谷更加险峻而阴气袭人。它是文明制造的幽谷，是用科学建造出来的谷底。从这谷底的道路看到的两侧六七层高、煞风景的钢筋水泥建筑，宛如天然断崖，没有绿树成荫，没有四季花开，没有妙趣横生的凹凸不平，不过是用斧子劈开的一条巨大的灰色裂缝罢了。头上的天空像和服腰带一般细窄。无论日光还是月光，一天里仅有几分钟能照射进来，甚至大白天都能从那谷底看见星星，还不间断地刮着诡异的冷风。

"到大地震之前，我一直住在其中一条这样的峡谷里。那座建筑物正对着丸之内的 S 大道，大楼正面明亮而宏伟，可一旦绕到背面，就和旁边大楼背对背耸立，两栋同样煞风景、钢筋水泥暴露在外、有窗户的建筑间仅有四米来宽的通道。所谓都市的幽谷，说的就是这部分地区。

"大楼里的房间，偶尔也有人当成住所，但绝大多数是仅在白天使用的办公室，晚上人们就离开了。白天有多热闹，夜晚就有多冷清。明明是丸之内的中央，却感觉如在深山，甚至怀疑能听到猫头鹰的叫声。大楼背面的那条'峡谷'，到了晚上就变成一条真正的峡谷。

"我白天看大门，夜晚就在那栋大楼的地下室过夜。虽然有四五个一起留宿的同伴，但是我喜欢画画，只要有时间就独自在油画布上涂抹，自然就不怎么和人说话了。

"因为事件就发生在我刚才提到的那座峡谷里，所以需要先介绍一下那里的情况。那两栋建筑物本身有个不可思议而又可怕的巧合，说是巧合，但因太过一致，我甚至觉得那是建筑设计师故意搞的一次恶作剧。

"为什么这么说呢？因为那两栋楼大小差不多，都是五层建筑，正面和侧面从墙壁颜色到装饰都完全不同，唯独相对的形成峡谷的大楼背面，无论哪个部分都丝毫不差。屋檐的形状、灰黑色的外立面，就连每层四个窗户的构造，都好似照片翻拍的一般完全相同。说不定连钢筋水泥的裂缝都是同样的形状。

"峡谷两侧的房间每天只有几分钟（这么说还有点儿夸张），

也就是很短的时间能照到阳光，自然找不到租户，特别是最不方便的五楼，房间总是空着。所以我经常会在空闲时，拿着画布和画笔溜进那个空房间。然后，每次从窗户向外张望，我都会觉得对面的建筑物就像这栋楼的照片，太相似了，这感觉让我心神不宁，好像预示着会发生什么可怕的事情。

"不久后，我不祥的预感居然应验了。有人在五楼北边的窗户附近上吊死了。而且，相隔没几天，发生了三次同样的事件。

"第一个自杀者是一位人到中年的香料掮客。那个人初次来租办公室的时候，我就对他有点儿印象。那个男人是个商人，却不太像商人，有些阴郁，总是心事重重的样子。我猜这个人没准会租那间面朝背面峡谷的没有阳光的房间，果然，他选了那个位于五楼北端的最远离尘嚣（在大楼里说尘嚣有点儿奇怪，但确实是个远离尘嚣的房间）、最阴森，也因此房租最便宜的两室连通的房间。

"说起来，他搬过来后住了大概一周，反正就是极短的一段时间。

"那位香料掮客是个单身汉，所以将一间房作为卧室，里面摆了一张廉价的床，晚上就在那个阴森峭壁上能俯视整个幽谷的、远离尘嚣的岩洞似的房间里一个人过夜。然后，在一个月色很美的夜晚，他在伸出窗外用于引入电线的小横木上拴了条细绳，上吊自杀了。

"到了早上，负责这一片的清洁工发现了吊在头顶上方的、在断崖顶端随风摇晃的缢死者。这引起了众人的恐慌。

"他到底为何自杀，最后也没有定论。经过多方调查，并没有发现他有事业进展不顺利或债台高筑的苦恼，由于单身，也没有来自家庭的烦恼，也不是殉情，比如失恋等。

"'大概是着了魔吧，他刚来的时候，我就觉得他是个有点儿抑郁的怪人。'人们用一句话草草了事，第一次的事件就这么不了了之了。但是过了不久，在相同的房间里，又来了新租户，那个人虽然不在房间里睡觉，但有一天晚上他要熬夜查资料，于是关在房间里一直没出来，没想到次日清晨，又发生了上吊事件。他是用完全一样的方法上吊自杀的。

"关于自杀的原因仍旧毫无头绪。这次的缢死者和香料掮客不同，是个特别开朗的人，之所以选了这个阴森森的房间，也是出于房租低廉这样单纯的考虑。

"于是鬼故事般的流言悄悄散播开来，说那是恐怖谷打开的诅咒之窗。一走进那间屋子，就会无来由地想一个人去死。

"第三个牺牲者并不是普通的租客，那座大楼的职员中有一位豪爽的汉子，他放话要亲自去那房间过夜试试，摆出一副要去鬼屋探险的架势。"

青年说到这里时，我觉得故事有些无趣，便插嘴道：

"这么说，那个莽夫也上吊了？"

"是的。"青年面露惊讶，看着我的脸，不快地回答。

"有一个人上吊，就会在同一地点不断地有人上吊。这便说明了模仿本能的可怕吗？"

"哦，看来你觉得有些没意思了吧？不，不是这样的，并不是那么无趣的故事。"

青年松了口气，订正了我的误解。

"这可不是那种在恶魔铁道交叉口总是不断死人的俗到家的故事。"

"失礼了。请接着说。"

我诚心诚意地为刚才的误会道歉。

# 三

"那个职员独自一人在那间恶魔之屋连住了三晚,却没有任何事发生。他自以为已经成功祛除了恶魔,得意忘形。于是我对他说:'你在里面睡觉的那三个晚上,不都是阴天吗?都没有月亮出来。'"

"呵呵,自杀和月亮难道有什么关系吗?"我有点儿惊讶地问道。

"是的,有关系。我发现一开始的香料掮客和之后的租客都是在月光皎洁的晚上死的。如果月亮不出来,自杀事件就不会发生。而且事件就是在那银白色的妖光照到狭窄的峡谷里那短短几分钟内发生的。这是月光施的妖术,对此我毫不怀疑。"

青年边说边抬起朦胧的白脸,俯瞰下面融融月光笼罩下的不忍池。

那里有青年所说的映照着周围景色的如巨大镜面般的池塘,它微微泛白,妖魅地躺在那里。

"就是它,这奇妙的月光的魔力。月光犹如冰冷的火焰,会诱发阴郁的激情，让人的心像磷一样燃烧起来，比如《月光曲》就诞生于这匪夷所思的激情。即便不是诗人，也会从月光中体会到人生的无常。如果可以用'艺术的疯狂'来表达的话，月亮不正是将人引向'艺术的疯狂'的始作俑者吗？"

青年的说话方式让我有些吃不消。

"你的意思是说，是月光让那些人自缢的吗？"

"是的。有一半要怪罪于月光。但是，月光并不能直接导致人自杀。如果是这样，咱们现在全身都暴露在月光下，不是也该去上吊了吗？"

青年那张仿佛映在镜中的苍白面容露出了笑容。我像个听鬼故事的孩子一样不禁害怕起来。

"那个莽夫职员在第四天晚上也去那间鬼屋睡觉了。但不幸的是，那天晚上的月亮特别明亮。

"半夜，我突然在地下室的床铺上醒来，看着从天窗照射进来的月光，不禁倒抽一口冷气，立刻翻身下床。然后，我穿着睡衣顺着电梯旁边的狭窄楼梯飞快地跑上了五楼。大半夜的楼里和白天的嘈杂气氛截然相反，有多么寂寥和恐怖，你绝对想象不到。可以说就是一个拥有几百间小屋子的大墓地，或像传说中的古罗马地下墓地。倒不是漆黑一片，走廊的关键地方是有电灯的，但那昏暗的光反而更吓人。

"终于抵达五楼的那个房间，我忽然对像个梦游症患者般在废墟似的大楼里游荡的自己感到恐惧起来，一边歇斯底里地拍门，一边喊着那个职员的名字。

"但是，里面无人回应。只有我自己的声音在走廊里回响，随即寂寞地消失。

"我拧了下把手，门轻易地打开了。角落里的大桌子上，蓝色灯罩的台灯亮着微弱的光。我借着那微光环视四周，没有人。床也是空的。而那扇窗户却大敞着。

"窗户外面，月光正要从五楼中段朝着房檐退去，对面的大楼沐浴在最后一点儿月光里，只剩下熏银似的微光。这扇窗户的正对面，有一扇形状完全相同的窗户，同样张着黑色大口般敞开着。一切都是一模一样的。它们在诡异的月光照射下，更是看不出丝毫差异。

"我因可怕的预感颤抖起来，但是为了确认自己的猜想，还是把脑袋伸出了窗户，可又没有勇气立刻往那边看，所以先俯视了下面深深的谷底。月光只照亮了对面建筑的顶部，建筑物和建筑物之间形成的山谷漆黑一片，深不见底。

"然后，我硬是把不听话的脑袋一点点地向右边扭了过去。建筑物的墙壁虽然已经成为阴影，但由于反射了对面的月光，也没黑到伸手不见五指的地步。我骨碌碌地转动眼珠，终于，一个意料之中的东西映入了眼帘。那是穿着黑色西服的男人的腿，无力下垂的手，拉长的上半身，深深弯曲的脖颈，仿佛折成两半的、低垂的头。莽夫职员果然还是中了月光的妖术，在那条电线横杆上吊死了。

"我急忙把头从窗外收了回来。可能是我害怕自己也中了妖术。但是，就在抽回脑袋时，我无意中往对面一看，发现从那扇同样打开的窗户里，从那漆黑的四边形口子里，居然有一张人脸在向这边窥视。那张脸迎着月光，因而清晰地浮现出来。即便在月光下，也能看出那是一张黄色的、枯萎的或者说是畸形的、令人厌恶的脸。那张脸居然一直在看我。

　　"我吓得魂都没了，一瞬间完全呆住了。太出乎意料了。要说为什么，我可能还没有讲，因为对面大楼的所有者和担保银行之间正在打一个复杂的官司，所以当时整栋大楼都是空房间，没有一个人住。

　　"在大半夜的空房间里竟然有人。而且还是从总是出事的上吊窗户正对面的窗户里，出现了黄色的怪物脸。这可不是闹着玩的，难道我看到的是幻影？那么，我是不是中了那个黄色家伙的妖术，马上就要想去上吊了呢？

　　"我感到脊背一阵发凉，可即便感到恐怖，也没有将目光从对面的黄色家伙身上移开。我凝神细瞧，那家伙是个干瘪、瘦弱、五十岁上下的小老头。那老头一直盯着我这边看，最后，意味深长地咧开嘴大笑了一下，便倏地一下缩回窗户里的暗处不见。那张笑脸让人看着头皮发麻，因为整个面部都扭曲了，脸上堆满了皱纹，只有嘴巴朝着左右两边猛地咧开，咧到快要撕裂那么大。"

# 四

"第二天，我向同事和其他办公室里的老勤杂工打听了一下，确认对面的大楼是一栋空楼，夜晚连守夜的都没有。莫非那真的是我的幻觉？

"关于这接连三次、毫无缘由且让人摸不着头脑的自杀案件，警察倒是按流程调查了一番，但是对于自杀这点丝毫不加怀疑，就不了了之了。但是我不愿意相信不合常理的事情，在那间房里睡觉的人不约而同地都发了疯，这种荒唐无稽的解释是无法令我信服的。那个黄脸家伙是个居心叵测的人，就是他杀了那三个人。在有人上吊的晚上，那家伙正好从正对面的窗户偷看，还意味深长地咧嘴怪笑。我深信这里面肯定掩藏着什么可怕的秘密。

"过了一周左右，我有了惊人的发现。

"一天，我出去办事回来，走在那座空楼正面的大马路上，与那栋大楼相邻的地方有个三菱×号馆，排列着平房式样的古朴的砖瓦

191

房，用来出租给事务所。这时，我注意到一位绅士飞似的跑上一家事务所的石阶。

"那是一位身穿晨礼服、个子矮小、有点儿驼背的老绅士，看他的侧脸好像在哪里见过，我停下来目不转睛地看着他，只见绅士在事务所的入口处擦鞋时，突然转头看了我一眼。我吓得一哆嗦，吃惊得差点停止了呼吸，因为那个很有派头的老绅士，和那天晚上从空楼窗户里往这边窥视的黄脸怪物就像一个模子里刻出来的一样。

"绅士消失在事务所后，我看那上面的金字牌匾上写着'目罗眼科　医学博士目罗聊斋'。我抓住旁边的一个车夫，确认了刚才进去的就是目罗博士本人。

"堂堂医学博士，居然在深更半夜潜入空无一人的大楼，还盯着上吊的男人咧嘴怪笑，这荒唐至极的事实该如何解释，让我产生了强烈的好奇心。从那以后，我总是不露声色地跟尽可能多的人打听目罗聊斋的经历或者日常生活情况。

"据说目罗先生虽是个老博士，却不太为人所知，看起来也不善经营，这么大岁数了，还在租借的事务所里行医。而且他为人古怪，对待患者的态度很冷漠，有时候甚至不太正常。我还了解到他既无妻室也无子女，至今独自一人，那间事务所也兼作住处，他平时就在那里起居。此外，听说他是个酷爱看书的人，除了专业书还购买了很多古老的哲学、心理学、犯罪学等书籍。

"'他那间诊疗室的里间有个玻璃柜，里面摆放着一排排各种各样的假眼，可以说一应俱全。那几百颗玻璃眼珠全都直勾勾地盯着我，就算是假眼，摆那么多也着实叫人作呕。再说，眼科为什么要摆那些骷髅、真人蜡像之类的东西呢？竟然立着两三个呢。'我所在的大楼里的一个商人接受过目罗医生问诊，他这样描述了就医时的奇妙体验。

"从那之后，只要有空闲我就持续关注博士的一举一动。有时我还会从这边偷看对面空楼的那个五楼窗户，却没有发现任何异样。那张黄色的脸一次也没出现过。

"我总觉得目罗博士很可疑，那晚从对面窗户偷窥的那张黄脸肯定是他。但是，他到底怎么可疑呢？假设那三次上吊都不是自杀，而是目罗博士策划的杀人案，那么动机呢？杀人方式呢？一想到这里，就进入了死胡同。尽管如此，我还是坚信目罗博士就是那几个案件的制造者。

"每天我都无时无刻不在思考这件事。有时，我还会爬上博士事务所后面的砖墙，隔着窗户窥探博士的私人房间。那间屋子里确实放着那人说的骷髅和蜡像，以及摆满假眼的玻璃柜等。

"但我还是丈二和尚摸不着头脑，从峡谷对面的大楼里，为什么能随意操纵这间屋子里的人呢？绞尽脑汁也想不出来。催眠术？不，这不可能。据说像暗示对方去死这类重大事情，催眠是完全无效的。

"不过，距离最后一次上吊事件已过了半年左右，我终于等到了验证猜疑的机会，那间鬼屋有人租住了。租客是从大阪来的，他对那个魔咒流言全然不知，而对大楼事务所来说，有房租赚自然好，所以对流言只字未提就租出去了。估计是觉得事情已经过去了半年，同样的事件不可能再次发生。

"但是，只有我一直坚信这个租户也会上吊。并且，我想凭借自己的力量，防患于未然。

"从那天起，我放下了工作，时刻都在留意目罗博士的动静。结果，我终于嗅出了端倪，打探到了博士的秘密。"

# 五

"大阪那个租客搬来后第三天的傍晚，我在监视博士事务所时发现他偷偷摸摸的，也没拿出诊的皮包就徒步外出了。不用说，我肯定跟在了他后面。没想到博士走进了附近大楼里的一家著名服装店，从数不清的成衣里选了一套西服，然后直接返回了事务所。

"生意再怎么不好，博士也不会穿这种成衣。如果是给助手穿的衣服，博士作为主人买衣服时也无须避人耳目。这可奇怪了。他买那件西服到底干什么用呢？我有些气恼地看着博士的身影消失在事务所入口处，站了片刻后，突然想起也许可以像之前一样爬上后院墙壁，偷看博士的私人房间，这样说不定能看见他在那间屋子里干什么。想到这儿，我赶紧向事务所后面跑去。

"爬上墙偷偷往里一瞧，博士果然在那个房间里。而且他在做的诡异的事情也能看得一清二楚。

"你猜黄脸医生在那里干什么？他正在给蜡像，就是刚才说过的一人高的蜡像，穿刚买来的衣服呢。好几百个玻璃眼珠，都目不转睛地注视着这一幕。

"你是一名侦探小说家，估计我讲到这儿，你就都明白了吧？我当时一下就明白了，随即对那位老医学家过人的奇思妙想惊叹不已。

"我跟你说，那件给蜡像穿上的成衣从颜色到花纹，居然和那间鬼屋的新住户的衣服分毫不差。博士从大量的成衣里找到它，把它买了下来。

"不能再磨磨蹭蹭耽误时间了。恰好到了月夜，说不定今晚就会发生可怕的案件。我必须得做点什么，必须做点什么。我急得直跺脚，绞尽脑汁地想办法。终于灵光一闪，我想到一个连自己都惊奇的绝妙办法。你知道了也一定会拍案叫绝。

"我做好万全的准备，待到夜幕降临便抱着一个大包袱，走向了鬼屋。新来的租客傍晚时分就回家了，所以门上了锁。我用备用钥匙打开门进了房间，然后走到桌前佯装要挑灯工作。那盏蓝灯罩台灯将光打在伪装成租客的我身上。服装方面，我的一位同事有一件和那个人的衣服纹样非常相像的衣服，我就借来穿上了。还有发型等，都尽量与租客相像。然后，我背对着那个窗户坐下，静静地等着。

"这么做自然是为了让对面窗户里的黄脸家伙知道我在这儿，但我绝对不会回头，故意让对方放松警惕。

"就这样差不多等了三个小时。我的猜想是不是正确？我的计划会不会顺利奏效？这实在是极其难熬、忐忑不安的三个小时。该回头了吗？该回头了吗？我几次按捺不住差点把头转过去。然后，时机终于来了。

"手表指向了十点十分。我突然听到咕咕、咕咕两声猫头鹰的叫声。哈哈，这就是信号吧，想利用猫头鹰的叫声引我往窗外看。在丸之内的正中央听到猫头鹰的叫声，任谁都会想探头看看的。我领悟到这点，便毫不犹豫地从椅子上站起来，走近窗边，打开了玻璃窗。

"对面的建筑物沐浴在月光下，闪耀着银灰色的光。如之前所说，对面建筑物的构造和这栋楼完全相同。你知道这种感觉有多奇特吗？光是这么说，很难让你明白那种精神恍惚的心情。突然之间，眼前出现了一面巨大的镜子墙，我这边的建筑物原样地映照在了那面镜子上，就是这种感觉。相似的构造加上月光施的妖术，便会让人产生这样的感觉。

"我看到我站立的窗户，就在正对面。玻璃窗也同样打开着。而且，我自己……咦？这面镜子好奇怪啊，唯独没有映出我自己的身影……我不知不觉地这样想着。其实忍不住就会这么想，这就是令人毛骨悚然的陷阱所在。

"怎么回事，我到哪儿去了？我应该是站在窗边的啊？我不禁东张西望地在对面的窗户里找起来。必须找到。

"于是，我猛然发现了自己的身影。但并不在窗户里，而是在外面的墙上。自己正被细绳吊在拉电线的横杆上呢！

"'哦，原来如此啊。我在那儿呢。'

"我这么说可能听起来很滑稽。那种感觉很难用语言形容。那是场噩梦。没错。在噩梦中，虽然并不准备那么做，却不由自主地那么做了，就是那种感觉。假如你看着镜子时眼睛是睁开的，可是镜中的自己却是闭着眼睛的，你会怎么做？是不是会不受控制地把眼睛闭起来呢？

"就是说，为了和镜子里的影子保持一致，我也得上吊不可。对面的自己上吊了，真正的自己是不可能优哉游哉地站着的。

"上吊的形态看上去一点儿也不可怕，也不丑陋，只觉得很美。

"那是一幅画。我产生了一种自己也想成为那美丽画作的冲动。

"如果没有月光的妖术助阵，目罗博士的这一奇幻戏法或许毫无用武之地。

"我想你肯定早就明白了，博士的戏法就是给那个蜡像穿上和住在这边房间的人相同的衣服，在和这边的电线横杆相同的位置安一个横木，套上细绳荡秋千给人看，就是如此简单的原理。

"完全相同的建筑物和妖娆的月光，能够赋予此举绝佳的效果。

"这个戏法的可怕之处在于，连事先已经预料到这个情景的我，都恍恍惚惚地往窗框上迈了一条腿，才突然回过神来。

"就像从麻醉状态中醒来一样，我一边克制着恐怖的感觉，一边打开准备好的包袱皮，目不转睛地盯着对面的窗户。

"这几秒钟的时间无比漫长……果然不出我所料，为了观察这边的情况，从对面的窗户里，那张黄色的脸，也就是目罗博士，突然朝这边偷看了。

"为了这一刻我已等待多时，不抓住这个瞬间，就前功尽弃了。

"我双手举起包袱皮里的物体，放在窗框上，让它坐在那里。

"你知道那是什么吗？也是蜡像哟。是我从那家服装店借来的假人。事先给它穿上了晨礼服，和目罗博士常穿的完全一样的款式。

"那时月光已经快要照到谷底了，由于光的反射，这边的窗户也微微泛白，能够清晰地看到物体的模样。

"我怀着一决雌雄的心情，盯着对面窗户里的怪物。心里默念着：畜生，看你怎么办，看你怎么办。

"结果你猜怎么着？人类果然被神明赋予了和猴子一样的宿命。

"目罗博士栽在了他自己发明出来的戏法里。那个小老头可怜兮兮又颤颤巍巍地跨过窗框，和我的假人一样坐在了那里。

"我是一个人偶操纵师。

"我站在假人的后面，举起了手，对面的博士也举起了手。

"晃晃腿，博士也晃晃腿。

"然后，你猜我下一个动作是什么？

"哈哈哈哈……我杀了人哟。

"我把坐在窗边的假人从后面用力一推。假人发出咔嗒一声，消失在了窗外。

"几乎与此同时，从对面的窗户里，和这边的影子一样，身着晨礼服的老人也咻地朝着深深的谷底飞速坠落下去。

插画师：朱雪荣

"随后，远远传来砰的一声，像是东西被压扁的声音。

"……目罗博士死了。

"我一边丑陋地笑着，就像那晚那张黄脸上浮现出的那种笑，一边将右手握住的绳子拽了上来。借来的假人顺着绳子，几下就越过窗框回到房间里来了。

"如果让那个东西掉下去，我就得背上杀人的嫌疑，那可就麻烦了。"

讲完以后，青年宛如那个黄脸博士一般，脸上浮现出令人胆寒的微笑，直勾勾地盯着我。

"至于目罗博士的杀人动机，这就不用对你这位侦探小说家解释了。因为你是最了解的，即便没有任何动机，人也会为了杀人而杀人。"

青年说着站起身，对我喊他留步充耳不闻，大步流星地走远了。

我一边目送他的背影消失在雾霭中，一边沐浴着如水的月光木然地坐在石头上，一动不动。

和青年的相遇、他的故事，乃至青年本身，莫不都是所谓的"月光的妖术"制造出来的奇妙幻觉？我不禁诧异起来。

# 防空洞

江 户 川 乱 步 猎 奇 篇

## 一、市川清一的故事

你困吗？啊？睡不着？我也睡不着。咱俩聊会儿天吧。我现在很想聊点离奇的事。

今晚，咱们讨论了和平，是吧？那当然是正确的，是毋庸置疑、不言自明的。但是，我这一生中活得最有意义的时候，是战火纷飞之时。这个意义和大家所说的意义不一样，和赌上整个国家投入战争的那种生存意义也不同，是更不健全的、反社会性的生存意义。

那是在战争末期，国家即将灭亡的时候，在空袭愈演愈烈，东京哀鸿遍野、将被炸成废墟的时候……我只想说给你听。如果在战时讲这些会没命的，即便是现在，也肯定会被很多人鄙夷。

人这种生物是很复杂的。从出生起就带有反社会的本性，对吧？这成了社会的禁忌。所以人类是需要禁忌的。需要禁忌，正说明人类生来就具有反社会的本性。犯罪本能也属于其中一种。

火灾无疑是一种恶。不过，火焰的确很美，所以人们将火灾称为

"江户之花"①。熊熊烈焰会给人带来美感。尼禄皇帝②在城里放火，感到欣喜若狂的那种心理，每个人或多或少都会有吧。泡澡前生火烧水，当柴火烧旺之后，人会产生超脱现实的美的快感。柴火尚且如此，整栋房屋燃烧起来也必然很美。要是整个城镇都陷入一片火海，不就更美了吗？若是那种让整个国家都灰飞烟灭的大火灾，就更美得无以复加了。如此景象已是连接死亡与毁灭的超群绝伦之美了。我可不是在胡说，这种感受人人心底都会有。

战争末期，上班的日子时断时续的。每天都会遭遇空袭，交通工具也没有了，如果公司紧急召集，就只能走着去。那段日子，半夜里经常响起刺耳的空袭警报，警报一响，人们便立刻跳出被窝，裹上绑腿，戴上防空头巾，然后奔向防空洞。

我自然是诅咒战争的。但不能否认的是，不知为何，我会被那种姑且称之为战争奇观的东西吸引。警报声在四周回响，广播里大喊大叫，号外的铃声在城镇里此起彼伏，在这动乱之中存在某种异常诱惑人的东西，一种令心情亢奋的东西。

最让我感到激动的就是新式武器带来的震撼。那是敌人的武器，所以恨得牙痒痒，但还是会感到惊异。B29那种巨大的战斗机就是其代表，那时候我还不知道原子弹为何物。

---

① 江户之花：日本有俗语称"火灾和吵架是江户之花"。
② 尼禄皇帝：古罗马帝国皇帝，因统治残暴、荒淫无度而臭名昭著。公元64年的罗马大火导致数千人丧生，传说纵火者就是尼禄皇帝。

在东京被烧成一片荒野前，那些银色的大家伙如同前奏曲一般，组成编队，慢悠悠地从极高的天上飞了过来。每次它们一来，飞机制造厂等都会被炸得面目全非，我们只能感觉到地动山摇，难以目睹。我能看到的只是那飞翔在高空的银色翅膀。

B29拖曳着飞机云，宛如清澈池塘里的青鳉鱼，在湛蓝的天空里可爱地飞远了。虽然是敌人，还是觉得很美。远远看去虽然小巧可爱，但考虑到高度，能想象到它们有多么巨大。如今，坐飞机飞过大海时，大轮船看起来也像青鳉鱼一般渺小。那些轰炸机就像是把轮船移到了天空，非常可爱。

远远的天边出现了豆粒大小的飞机编队，于是从各处的高射炮阵地传来了打竹枪似的连续发炮声。敌人的身影和我方的炮击声都好似戏剧中远景方式呈现的敦盛①那么可爱。

围绕着B29的前进方向，高射炮射出的冒着黑烟的炮弹，像麻点一样散落在无边无际的蓝天上。敌机周边如星星眨眼般一闪一闪的，仿佛将钻石颗粒朝着银色飞机扔去似的。那些小钻石是肉眼看不清的我方小型战机，它们径直朝着巨大的B29撞过去。小战机的银色机翼在阳光的照射下，闪闪烁烁地发出钻石般的光亮。

你也想起来了吧？非常美对不对？在这让人不由得忘却战争、灾

---

① 敦盛：日本平安时代末期的武士，他多才多艺，尤其擅长吹笛，十六岁时死于氏族战争。后人根据《平家物语》中记载的敦盛之死的场面，创作了能剧、歌舞伎等大量作品。

难等残酷现实的瞬间，它们成了即将在广袤天空中上演的露天戏剧美丽的前奏曲。

我曾经在公司楼顶上用望远镜远眺过空中的表演。在望远镜的圆形视野里，齐刷刷的银色编队越来越近，飞到头顶时，更是能大大地呈现出来，甚至能看见飞行员那玩偶似的白色面孔。阳光映照下的银色机翼果然很漂亮。我还看见了向它们撞去的我方战机，就像大轮船旁的一艘小快艇那么小。

那天晚上，我从公司下班后疲惫地走着回家。因为电车只在某些区间行驶，其余地方只能步行。那是八点左右，夜空中美丽的星星眨着眼。由于灯火管制，整个城镇漆黑一片。我们都在衣兜里装着手电筒。太亮的手电筒不能用，而且电量很快会耗光，所以那时候市面上卖一种手动的手电筒。你还记得吧？单手就能握住的金属手电筒，通过反复握紧并松开杠杆，发出唰唰的响声，使发电器旋转，手电筒就发光了。如果脚下的路不好走，我就拿出它来唰唰地发电照亮。虽然光线有些昏暗，但不需要电池，很方便。

在漆黑的大道上，一道道黑色的人影默默地走着。大家都想趁空袭警报还没响早点回去，因此走得很快。但愿今天不会响起警报声，我们都这么徒劳地盼望着。

我当时正经过传通院①，令人毛骨悚然的声音陡然响起。从远近

---

① 传通院：位于日本东京都文京区的净土宗寺院。

各个地方的警报器中发出了不吉利的悲怆合奏。你无论听过多少次这声音，还是会吓一大跳。黑色的人影都啪嗒啪嗒地跑了起来。我不擅长跑，就迈开大步走起来，警防团①的黑影一边喊着"躲避、躲避"，一边从人们面前跑过去。

不知从哪里传来了声音调到最大的广播声。家里的收音机也要尽量开大，在当时已是常识。同样的内容循环播报着，广播的是B29大编队正从伊豆半岛上空接近东京地区，估计马上就要到了。

我也想早点回家，匆匆赶往大冢站，还没到大冢，就听到了远处高射炮的响声。那声音逐渐朝附近的高射炮这边逼过来。街道上伸手不见五指。因为管制已经从警戒级升级到了紧急管制级别，所以还没到九点，城市已经寂静得仿佛半夜。除了我，不见一个人影。

我时不时停下来，抬头望天。我当然很害怕啊！但是，另一个自己却在感叹空中景色之美。

高射炮弹咻咻地划出一道道光的虚线，飞向高高的天空。紧接着，如烟花般美丽地绽开，发出噼噼啪啪的声音，大概那炮弹附近有敌机编队吧。我站着往天上看，需要仰头约三十度。离得还远呢。

那个方向的空中飘忽着好多个特别明亮的弧光灯般的球体，那是敌人的照明弹。两国放的烟花中有一种和那照明弹一模一样，很像夜空中发光的海蜇。

---

① 警防团：保护市民防备空袭等灾难的组织。

高射炮的声音和光芒越来越密集，不仅是一侧的天空，另一侧天空上也有炮弹炸开了。因为敌人把编队一分为二，试图给东京来个两路夹击，并且不断变换位置，在东京周边投下了炸弹和燃烧弹。这是当时敌人的战术，首先在四周制造一个火墙包围圈，让人们逃不出去，最后猛烈轰炸中心地带，也就是瓮中捉鳖的战术。

　　不久，远处的天空一下子亮了起来。那时我正在市警防团的驻扎所里。戴着铁头盔、拿着消防钩的警防员蹲在沙袋之中，望着天上。我也走过去蹲在了他们中间。

　　"是横滨那边。突然发亮是因为横滨起火了，刚才广播里说了。"一名警防团员跑来报告。

　　"呀，那边的天空也亮了。是哪里啊？那不是涩谷一带吗？"

　　正说着，只见天空左右两边都不断出现了突然亮起来的地方。"是千住吧？""是板桥吧？"话音未落，就看见火星在空中乱舞，甚至看到了火焰。东京四周宛如平时的银座上空，亮成了一片。

　　高射炮弹已在头顶上方爆炸了，敌机的银色翅膀被地上的火焰照亮，已然隐约可见。因为它们飞得很低，B29的大小看上去比以往大得多。

　　四周的天空上飘浮着无数发光海蜇般的照明弹。它们似有若无地落下的情景简直太美了。冲着那发光的海蜇群，红色的火星从地面旋转着飞升上去。蓝白波点纹样与下面的红色砂面裙摆，被高射炮弹发出的金银丝线芒草缝接起来了。

"啊，是咱们的飞机，咱们的飞机撞上去了。"

天空中噗地冒出一团火。紧跟着，巨大的敌机变成了一团血色火球坠落下去，坠落地点升腾起了爆炸引发的火焰。

"太棒了，太棒了。这是第三架啦！"

警防团的人们齐声嗷嗷叫好，还有人高呼万岁。

"你待在这里太危险了，快进防空洞里去吧。"

警防团员拍了拍我的肩膀。没办法，我步履蹒跚地继续往前走。

天空中的光之盛宴和噪声已经达到了顶点。这时候地面上也变得乱哄哄的，由于火焰越来越近，在防空洞里也待不下去的人们听从警防团的指挥，开始前往别处的广场集体避难。大马路因堆满家当的货车和两轮拖车等拥堵起来。

我也混在人群中跑了起来。只有妻子一个人在家，她肯定也逃出来了吧。我虽然很担心她，但无能为力。

到处都能听到爆炸的巨响，那响声和地面上火焰的燃烧声、人群的叫嚷声混杂成震耳欲聋的噪声。在那噪声中，我听到了唰唰的好像雷阵雨敲打房顶似的异样声音。我拼命地跑起来，因为我听人说那是一束束燃烧弹落下的声音，而且听声音是从正上方掉下来的。

我听见有人哇地大声叫唤，猛然回头，看到大马路已变成了一片火海。八角筒状的小型燃烧弹成捆地落下，散落了一地。我差点就被它们砸中了。在火海中，有一个中年妇女摔倒了，痛苦地挣扎着。勇敢的警防团员穿过火海，跑去救她。

我觉得燃烧弹不会在同一个地方掉下两次，稍微安了心，望着火海出神。整条马路被大火遮蔽的光景，即便身在其中，还是觉得美丽无比，叹为观止。

在那八角筒形的燃烧弹里面，有一块浸过油的布条样的东西，在坠落的过程中，它会从弹筒里飞出，靠着翅膀似的装置从空中缓慢落下。弹筒本身坠落时飞快如箭，它里面残留着汽油，掉到地上时汽油会四处飞溅，使周围变成火海。它的影响并不能持续很久，木造房屋确实会因此而燃烧，但在柏油路上没有什么可燃物，火苗会越来越小，不久便会熄灭。

我目不转睛地瞧着那火苗缩小到萤火虫一般大。最后，宽阔地面上散落的无数萤火虫闪烁着消失不见了，整个过程宛如放烟花那样绚丽多彩。

从八角筒飞出的无数鬼火缓缓地从天而降。我记得在《十种香》①的私奔场面中，整个舞台背景都布满了烛光鬼火，感觉眼前的景象就像把那个背景换成黑色天鹅绒的天空，扩大了几百倍似的，无论怎样美丽的焰火都无法望其项背。我看得入了迷，甚至忘记它会引发火灾，只是目瞪口呆地凝视着天空。

火焰的魔爪已近在咫尺。火苗迅速蔓延，火势越来越大。城市宛若笼罩在晚霞中，胡乱逃窜的人们的脸全都被染得红通通的。

---

① 《十种香》：净琉璃和歌舞伎的演出段落之一。

很快四周便成了焦热地狱的景象。整个东京都被巨大的火焰包裹着，黑云般的浓烟被地上的火焰镶了红边，以惊人的速度在空中飘移，呼呼地刮来暴风雨般的强风。远处黑红色的浓烟旋转着，变成龙卷风直冲云霄，屋顶的瓦片被掀起，无数块白铁皮宛如一张张银纸在空中狂舞。

队形散开的B29在空中飞来飞去。由于我方的高射炮现在没了声息，敌机降到超低空威吓市民，瞄准目标扔下燃烧弹和小型炸弹。

我看到巨大的B29朝着我俯冲下来，银色的机体被地上的火焰照亮，像个喝醉酒的巨人，满面通红。

我望着从头顶上方压下来的巨大敌机，不知为何联想起天狗的面具。火红的天狗面具和天空一样巨大，金色眼珠瞪着我猛地俯冲下来。就像做噩梦一般，那火红的面孔一张接着一张朝着我飞来。

因火灾而产生的暴风、龙卷风、滚滚的黑烟，和在其中超低空横冲直撞的巨大红脸飞机，它们确实呈现了世界末日般的恐怖，同时也呈现出令人词穷的美景。那是凄绝悲壮的美，亦是庄严的美。

我已经不能站在街上了。瓦片、白铁皮、带着火苗四处乱飞的木头和木板，以及各种各样的碎片，都从绯红色的天空中掉落下来。一个不留神，一张白铁皮碰到我的肩膀，把下巴划了一个大口子，鲜血汩汩直流。接着，又有一捆捆燃烧弹唰唰地掉了下来。我的眼镜被弹飞了，但根本来不及去找。

我能做的只有找地方避难了。为了冲出暴风带，我跑着横穿过去，从大冢辻町的交叉路口，朝着有寺庙的小巷不断地向北跑去。路两侧的房屋也开始燃烧了，道路尽头有一座大宅子，门大敞着，我就跑了进去。

庭院如公园一般开阔，树木也很多。我穿过被飓风吹得剧烈摇晃、火星四散的树木，朝着院子深处跑去。后来才知道，那里是知名企业家杉本的家。

那座宅邸建在高高的石崖上。从辻町那边过来，这里便是尽头，可以俯瞰远处从巢鸭通往冰川町的大马路。东京到处都有这种高台，如断层一般，那里也是其中之一。我是第一次去那片街区，特别惊讶，还以为是大空袭引起的地壳变化呢！

那个断层位于宅子的最深处，在快到断层的地方，有个水泥建造的大防空洞的入口开着。过后我才明白，因为住在宅子里的人全都疏散了，所以那座巨大的宅子成了空宅。当时我以为防空洞里面有这家里的人，心想如果遇到他们，再跟他们打声招呼，就进去了。

防空洞的地板、墙壁和天花板都是水泥建造的，非常牢固。我一边唰唰地给手电筒发电，一边提心吊胆地走了进去。从入口处拐了两个弯便到达中心位置，但这里也如废墟一般不见人影。

中心部分是一个六平方米左右的长方形房间，两侧安装有长条板凳。我试着坐了一下，马上又站了起来，总觉得静不下心来。在这里面竟然也能听见天空和地面的噪声。爆炸声比在地面上听到的还要震耳欲聋，整个防空洞都在摇晃。

偶尔会有闪电似的红色闪光照进曲折的洞内。借着那道光，我看清了房间尽头，发现有个人蹲在对面的角落里。好像是个女的。

我唧唧地捏着手电筒，将微弱的灯光照过去，跟她打了声招呼，那女人立刻站起身，走了过来。

她穿着很旧的藏青底碎白花纹劳动裤，戴着同色的防空头巾。我用手电筒照了照头巾裹着的脸，吃了一惊。那张脸实在太美了，你要问我怎么美，我也答不上来。只能说那就是一直深藏在我心中的那种美。

"您是住在这里的人吗？"我问道。

"不是，是路过的。"

"这里的庭院很大，不会烧到这儿来的。就这么待到早上吧。"

我让她坐下。之后说了些什么我已经不记得了。我们几乎一言不发地并肩坐着。互相没有问名字也没有问地址。

这时听到轰隆一声，不知是飓风还是火焰造成的巨大噪声。其间还听到砰砰的爆炸声和剧烈震动。火红的闪电噼里啪啦地发出强光，带着些焦煳味的烟吹了进来。

我走出防空洞，看了看四周，对面的主屋已被火吞噬，火苗都窜到了树上，发出啪啪的声响。那边亮如白昼，烤得我脸颊发烫。抬头一看，整片天空都呈现血一般的黑红色，不时有狂风呜呜地呼啸而过。宽阔的庭院里看不到一个人影，仿佛人都死绝了一般。我跑到大门口，门前的大道上也完全看不到人这种生物，只有火苗和烟雾在打转。我只好返回洞里。

回到洞里一看，在伸手不见五指的黑暗里，女人还是之前的姿势，一动不动地待着。

"啊，我渴了。要是有水就好了。"

我这么一说，女人立刻说"我这儿有"，就像一直等着我这句话似的，把水壶从肩上拿下来，摸索着递给了我。那女人想得真是周全，还背着水壶逃跑。我喝了好几杯，还给女人后，她好像也喝了点。

"我们，是不是完了？"女人胆怯地问道。

"不要紧的。只要待在这里不出去，就是安全的。"

此时我产生了强烈的情欲。你可能会说，在世界末日即将到来的焦虑和混乱之中，哪里有心情去想什么情欲。但事实恰恰相反，我认识一位年轻人，他曾向我坦白他每逢遇到空袭都会产生强烈的性欲，然后就靠自慰解决问题。

但是，我可不是单纯的性冲动，而是一见钟情的炙热爱恋。那女人的美不可方物，甚至有些神圣。在这也许一生只有一次的非常时期，我邂逅了梦中情人。这神秘的邂逅令我疯狂，我在黑暗中摸索着握住了女人的手。她没有拒绝，甚至还有点儿羞怯地握住了我的手。

此时，整个东京市已经烧成了一个巨大的火球，天空被黑色的烟云和火星绘成的金梨地①所笼罩，狂风漫卷，地上的各种碎片都被卷

---

① 金梨地：漆器工艺技法，因其形态似梨的表皮而得名。国内称为洒金。

进龙卷风里漫天飞舞，红色的巨人战斗机横冲直撞，炸弹、燃烧弹如骤雨般落下，发出震天动地的轰鸣。就在这不知下一秒会发生什么的时刻，豁出性命去追求的情欲到底为何物，你能体会到吗？纵观我这一生，从未如此强烈地感受过欢喜、生命、生存的意义。过去未曾有过，未来也不会再有，仅此一次。

天地万物已经乱作一团。国家即将灭亡，我们两人也疯狂了。我们把身上的所有衣物都扯了下去，作为世上仅有的两个人，紧紧相拥，疯狂哭泣，叫喊呻吟，沉醉在极致的爱欲之中。

我也许是睡着了。不对，那不可能，我没有睡觉。不知不觉中天已经亮了，洞里微微明亮了些，充满了黄色的烟。看不到女人的身影，她身上穿戴的东西也一样都没有留下。

那不是梦。不可能是梦。

我跟跟跄跄地走出了防空洞。周围住家已被尽数烧毁，只剩下被烧焦的木桩、黑烟和火海。周围酷热难当，宛如走在烧红的铁板上，我绕过火苗和黑烟，寻找空地跳着往前走，走了好久终于回到自己的家。万幸的是我家没有被烧毁，妻子也安然无恙。

整个城市到处都是两手空空的、乞丐模样的男男女女，犹如痴呆患者，漫无目的地四处游荡。

我家里也住进了三对房子被烧毁的朋友，之后我们一直过着为食物而奔波的日子。

在那段时间里，我没有忘记那一夜的情爱，几乎每天都在辻町杉本家废墟附近徘徊，问遍了在那片废墟中翻找贵重物品的原来的住户。"在空袭那天夜里，有位年轻女子躲进了杉本家的水泥防空洞，有没有人见过她？"我固执地逢人就问。

详细经过我就不赘述了，反正是费尽心力，依照传言顺藤摸瓜，我终于打听到了一个老婆婆。她借住在池袋后面的千早町的朋友家，是个五十多岁、无依无靠的阿婆，名叫宫园富。

我去探访这位阿婆，向她刨根问底。阿婆当时在杉本家旁边的一个公司社员家里做用人，在空袭那晚，家里人都出去避难了，只剩下她自己。她想起了杉本先生家的防空洞，于是独自一人躲到了里面。

阿婆说她在那里一直待到早上，不可思议的是，她没见过我或是年轻女子。我怕问错了防空洞，又仔细问了半天，回答是那附近只有一家姓杉本的，水泥防空洞的位置和构造也和我进去的毫无二致。那个防空洞两边都有出入口，各拐几个弯就能进入中央的房间。我猜想阿婆可能没有进入洞的中心位置，而是从和我们相反的另一侧入口进去后，躲在中心位置那头的某个拐角处吧。我这么一问，阿婆也说不清楚了。那时候，人的精神已近崩溃，记不清楚也很正常。

总之，直到最后我还是没打听到那个女人。那之后已经过去了十年，虽然我尽自己所能去找过那个女人，但仍旧没有找到任何线索。那个美丽的女人就像被神明带走般，从人世间消失了。这神秘之感，使这一夜情更加可贵。那是将整个生命浓缩于一夜的爱欲。

无论面庞还是身体，那么美丽动人的女子世上绝无仅有。我在那一夜之后，对所有女人都失去了兴趣。那令人癫狂的一夜激情，让我倾尽了全部情欲。

　　啊！只要回忆起此事，我便会浑身颤抖。在被天空和地面的地狱之火包裹的黑暗洞窟中，那隐约浮现在黑暗中的美丽面庞、美妙身躯、狂热拥抱，将一千个夜晚凝聚为一夜的爱欲……我常在心中默念一句奇怪的话：美丽得令人汗毛倒竖的五彩极光之梦。难道不是吗？那场空袭的火焰与死亡盛宴，那种恐怖与美丽，犹如整片极地天空上幕布一般垂下的五彩极光。在那场景下发生的一夜情，同样只能是五彩斑斓的极光。

## 二、宫园富的故事

我好久没喝这么醉了。先生您也是个爱撒酒疯的人哪！

听了先生您的风流韵事，倒让我也想起来了。您想不想听听满脸皱纹的老太婆讲点闺中秘事啊？您还真是口味独特呢，嘿嘿！

刚才我也说过，在这广阔的世间，我是个孤苦伶仃、无依无靠的悲惨的老太婆。战争过后，我流落到这山坳里的温泉乡，这儿的老板对我很好，其他女佣姐妹也都是好人，我打算就在这里过下半辈子了。不过，我之前可一直住在东京哟，还遭遇了那场恐怖的空袭。先生，就在那次空袭中，我遇见了一件特别奇妙的事。

忘了是哪年哪月了，反正是在上野、浅草那一带被烧毁，隅田川上漂满尸体的那次空袭之后不久。是从新宿、池袋、巢鸭到小石川，整个被烧成一片荒野的那次空袭时的事。

当时我在公司职员三芳先生家里干活，他家全被烧毁，我和主人失散了，就一个人躲进了附近大宅子的防空洞里。

那里叫大冢辻町，靠近电车终点站的车库。那座大房子坐落在进入辻町后大概三四百米的地方，建在高高的石墙上，但是住在大房子里的人都疏散了，那里成了一座空屋。

那可是一座水泥建造的、特别结实的防空洞。里面黑洞洞的，我一个人在里面吓得瑟瑟发抖。

这时，有一个男人拿着手电筒进来了。因为他拿着手电筒，我看不到他的脸，估摸着是个三十来岁的年轻人。

刚开始他好像没有看到我，在洞里的板凳上坐下了，一动也不动，后来他发现了角落里的我，还用手电筒照了照，让我过去坐。

我孤独一人实在怕得要命，就愉快地坐到那人旁边去了。而且，我正好带了水壶，就给那个男人喝了点水，还聊了几句，然后你猜怎么着？那个人居然紧紧握住了我的手。

他好像搞错了，以为我是个年轻女孩呢！可能是因为小手电筒太暗，没看清楚我的脸吧。再说外面还燃烧着熊熊大火，呼呼刮着狂风，在那种情形下，他可能有点儿神志不清了。然后他竟然做起了让人羞耻的事了。呵呵呵呵……哎呀，老爷您真会聊天，搞得我一不留神把这种事都说出来了。不过，我可是第一次对别人讲哟。再怎么说也太难为情了，实在说不出口。

什么？您问后来怎么样了？我也被空袭弄得有点儿精神错乱了，竟把自己当成年轻女人，呵呵呵呵……做了一些男女之事哟。现在回想起来，真是傻到家了，全听对方的摆布，把和服什么的全都脱掉了。

那可不行。我就算喝得再多，之后的事情也……呵呵呵呵……嗯，反正就是吧，做了那事之后，男人就躺倒了，好像是睡着了，一动不动的。我觉得特别羞耻，赶紧穿上和服，趁着天还没亮，逃出了防空洞。我俩既不知道对方的长相，也没问过对方的名字。

什么？您说就这么完了多没意思？别急，我这故事还有后续呢。在防空洞里，我连对方长什么样都不知道，只觉得是个年轻男人。过了半个月左右，我在池袋后面的千早町的朋友家帮厨，也借住在他家，那时候，不知怎么打听到的，那个男人居然找上门来了。

可是，刚开始我也不知道他就是那个人。只是说着说着，我渐渐琢磨过味儿来了。他问遍了所有人才打探到我，然后特意过来的。他说那时候防空洞里有个年轻女人，听说我那晚也躲进了那个防空洞，就问我见没见过那个年轻女人，还问是不是我认识的人，问得可仔细了呢。

那个人说他叫市川清一，虽然穿着当时很常见的那种军服似的黄褐色衣服，但看上去像是位规规矩矩的公司职员。年龄约三十出头，戴着一副近视镜，可真是个让人把持不住的俊俏男子哟。呵呵呵呵……

我听了那人的话，马上就察觉到了。那位市川先生闹了一个天大的乌龙，他一点儿也没想到，那时候亲热的对象就是我这个老太婆，还以为是个年轻美丽的女人呢。太纯情了，据说他因为忘不了那个女人，千辛万苦地四处寻找。

222

我觉得羞愧难当，又感到愚蠢至极，真不知该如何是好。面对一心以为对方是年轻女人的年轻人，我怎能告诉他那个女人其实是我呢？我心中小鹿乱撞地蒙混过去，他丝毫没有怀疑，完全没察觉到我的惊慌失措。

看到那位美男子市川先生眼里含着泪，对当时的年轻美女念念不忘的神情，我心中也有种奇怪的感觉，觉得他既可气又可怜，说不上来，那种怪怪的感觉。

什么？您的意思是说，我和那位年轻美男一夜春宵，是意料之外的果报？这个嘛，我虽然已经一大把年纪，却还是有种不知是高兴还是难为情的奇妙感觉。正因为对方很美，要是被他发现是我可就糟糕了，我可是费了好大劲儿才装出毫不知情的样子的。呵呵……

# 火星运河

江 户 川 乱 步 猎 奇 篇

我又来到这个地方了，这冰冷阴森的魅力让我战栗不已。深灰色的幽暗遮蔽了我的整个世界。恐怕连声音、气味乃至触觉都从我的身体里蒸发殆尽，只剩下羊羹般浓郁而混沌的色彩包围着我。

　　头上方积雨云般层层叠叠的枝叶寂静无声，巨大的黑褐色树干从那里聚成瀑布向地面倾泻而下，宛如接受检阅的士兵方阵，向着一眼望不到边的四面八方伸展开去，消失在无边的黑暗之中。

　　在无数层黑压压的枝叶之上，照耀着多么明媚的阳光，或是刮着多么猛烈的寒风，我都无从知晓。我只知道一个单纯的事实，那就是我正在无边无垠的阴暗大森林里漫无目的地往前走着。无论走多久，看到的总是一棵又一棵多人环抱的粗壮树干，景色一成不变。脚下踩着自这片森林诞生几百年来堆积的落叶，潮湿而松软，每走一步都要发出扑哧扑哧的声响。

　　这没有听觉的昏暗世界，让人感到世上的所有生物都灭绝了。同时又让人觉得整个森林仿佛充满了可怕的魑魅魍魉。我不由得想象,蛇一样的山蚂蟥正从漆黑的头顶上密如雨滴般地掉进我的脖领。在我的视野中虽然没有一个活物,可我背后却可能有水母样的怪异生物正在成群蠕动,互相挤蹭着,一齐发出无声的大笑。

黑暗和栖息在黑暗里的东西虽令我恐惧,但比它们更可怕的,则是这座无边无际的森林,它用超出我想象的恐怖压迫着我。那感觉就好比刚出生的婴儿,畏惧广阔的空间而缩着手脚,浑身打战。

我好不容易忍住喊出"妈妈,我好怕"的冲动,焦急万分地想要尽早逃离这黑暗的世界。

可我越是焦急,树林下的阴暗就越是深重。我已经在这里不断前行了几年或是几十年了!这里没有时间,也没有晨昏。就连自己是从昨天开始,还是从几十年前开始走在森林里的,我都记不清了。

我忽然开始怀疑,自己会不会永无止境地在森林里绕大圈。与外部的任何因素相比,我更害怕自己的步幅不对称。旅行者曾经给我讲过一个故事,他因为左右腿的走路习惯只相差一英寸,竟然一直在沙漠里打转。沙漠里云开雾散时能看到艳阳高照,夜晚也会看到繁星闪烁。然而在这暗无天日的森林里,无论等到何时,都不会出现任何一点儿色彩。这是一种世间不曾经历过的恐怖。我不知该如何形容当时发自心底的战栗。

我自出生以来,就体验过无数次与此相同的恐惧。但每经历一次,莫名的恐惧感和伴随而来的若有若无的怀旧感都是只增不减的。

虽然经历过许多次，但令人匪夷所思的是，无论在什么情况下，我都丝毫记不起究竟是何时从哪里进入森林，又是何时从哪里走出森林的。每一次都会有全新的恐怖在压迫我的灵魂。我这个豆粒般大小的人类，气喘吁吁、汗流浃背地在巨大的死亡阴影中不停地前行着。

突然，我发现周围浮现出异样的微光。它就好比映射在幕布上的幻灯片的光那样，虽然是不属于这个世间的一种光亮，但走着走着黑暗渐渐退去了。

"啊呀，这就是森林的出口啊。"

我怎么连这个都忘了呢？怎么像个被永远囚禁在这里的人那样心惊胆战呢？

我感到一种像在水中奔跑似的阻力，但也逐渐向着光的方向靠近。渐渐地，森林的裂口映入眼帘，能看到久违的天空了。但那天空的颜色，真的是我们原来的天空吗？而且，那更远处的是什么？唉，看来我还是没能走出森林。本以为走到了森林的尽头，其实是在森林的中央。

那里有个直径一百米左右的圆形沼泽。沼泽周围没有留出一点儿余地，被森林紧紧包围着。无论往哪个方向看，都是无边无际的黑暗，看起来并不比我刚才一路走来的森林小。

我虽然曾多次在森林里迷走，却对这片沼泽的存在一无所知。所以，当我豁然走出森林，站在沼泽岸边时，那里的景色之美让我感到眩晕。仿佛转动了一下万花筒，突然发现了奇幻之花一般。但是，那里并没有万花筒一般艳丽的色彩，不论天空、森林还是水，天空是世间罕见的熏银色，森林是有些墨绿与褐色，而水不过是倒映着天空和森林的单调色彩。尽管如此，这般美景到底是何方神圣的杰作？是银灰色的天空或是从那些树上长出来的、正欲朝猎物扑去的巨蜘蛛般的怪异枝条，还是固体般缄默不语、将天空映入深邃水底的沼泽？它们固然不错，但是还有其他的什么。还有其他神秘莫测的东西。

是因为这是个没有声音，也没有气味，甚至连触感都没有的世界，还是因为那些听觉、嗅觉、触觉都汇集在唯一残存的视觉上了？这些都是，但是还有其他的什么。无论天空、森林还是水，都像是在望眼欲穿、痛苦不堪地等候着什么人。它们贪婪至极的欲望不是变成气息在吐出吗？但是，它为何如此撩拨我的心弦呢？

我无意中将目光从外界转向自身，发现自己竟然是全裸的。而且当看到自己不是男人，而是一个丰满的少女时，我全然忘记了自己是个男人，还理所当然似的露出了微笑。啊，我有着这样的肉体！我高兴极了，感觉心脏都快蹦出来了。

不知怎的，我的肉体居然和我的女友一模一样，何其美丽妖娆啊。宛如湿润的假发般蓬松浓密的黑发、宛如阿拉伯骏马般精悍健壮的身躯、宛如蛇腹一样熠熠生辉的白皙肌肤，我以这肉体不知征服过多少男人。他们是怎样匍匐在我这个女王脚下的呢？

现在一切都明白了。我终于悟出了这片沼泽不可思议的美的奥妙。

"哦，你们已经等待我许久了吧？几千年、几万年，你们，天空、森林还有水，都是为了这一刹那而永生不灭的吧？让你们久等了！来，我现在就让你们的热情祈祷成真。"

这里的景色之美只有自身风景是不完美的，那些是作为背景的存在。而现在，我作为举世无双的演员出现在它们面前。

在被黑暗森林包围的无底沼泽那深邃浓重的灰色世界里，我的雪白肌肤与四周显得多么协调，多么光芒四射啊！这是一部多么壮观的演出，是多么神秘莫测的美啊！

我一步跨入沼泽之中，随后朝着黑水中央浮出的一块同样黑的岩石静静地游了过去。水不凉也不热，像油一样黏稠，只是随着四肢划动涌起波纹，没有声音，也感觉不到阻力。我在胸前划出两三道无声的水波，恰似纯白的水鸟贴着无风的水面滑行那样无声无息地前行。终于游到了池中央，我爬上了滑溜溜的黑色岩石。我的姿势应该像风平浪静的海面上跳跃的美人鱼。

现在，我噌地站在了那块岩石上。哇，真美啊！我抬头望天，竭尽肺腑之力，发出一声烟花绽放般的叫喊。胸腔和喉咙的肌肉仿佛无限延伸，凝缩成了一个点。

然后，我开始了激烈的肌肉运动。那情景美妙得简直难以名状。就像被断成两截的黄颔蛇在拼命扭动；就像尺蠖、肉虫和蚯蚓在垂死挣扎；就像在无比快乐或无比痛苦中痉挛的野兽。

跳累了之后，我为了润润喉咙跳入黑水之中。我喝起了像水银一样重的水，差点儿把胃胀破。

这样疯狂乱舞时，我仍感觉缺少点什么。不仅是我，周围的背景也莫名其妙地十分紧张。莫非它们还在期待着其他的什么吗？

"对了，少了红色。"

我猛然意识到这一点。在这绝美的画面上唯独欠缺了红色。如果能得到红色，"蛇之目"①便栩栩如生了。高深莫测的灰色和晶莹耀眼的雪白肌肤，再加上一点儿鲜红，至此，超凡脱俗般美丽的蛇之目便鲜活了。

可是，我该去哪里寻求那种颜料呢？即便找遍这座森林，也见不到一朵山茶花。除了那蜘蛛似的大树，没有其他的树。

"等一下，那个，那里不就有美丽的颜料吗？心脏制造的这种颜料，哪家颜料店能买到这么鲜艳的红色呢？"

我用薄薄的锐利指甲，在身上挠出了纵横交错的无数条伤痕。丰腴的乳房、柔软的腹部、浑圆的肩膀、饱满的大腿，甚至美丽的脸庞。从伤口滴落的血红颜料汇成了河，我的身体被鲜红的文身覆盖了，宛如穿着鲜血凝结的网眼衫。

这画面倒映在了沼泽的水面上。是火星运河！我的身体恰似那恐怖的火星运河。运河里流的不是水，而是红色的血浆。

随后，我又开始了癫狂的舞蹈。滴溜溜地自转，便是红白相间的

---

① "蛇之目"是日本常见的一种图纹，是一个空心圆形里面有一个实心圆形的图像。它在视觉上像蛇类的眼睛，因此被称为蛇之目。

陀螺；胡乱翻滚，又变成濒死挣扎的长虫；向后拉伸胸和腿，将腰肢挺到极限，把堆起的大腿肌肉尽可能向上提，或仰卧在岩石上，把肩膀和腿像弓一般向后弯曲，就像尺蠖爬行那样走来走去；张开大腿，把脑袋夹在中间，则像肉虫似的骨碌碌滚动；又或者在岩石上蹦跶，模仿被切断的蚯蚓。无论是手臂、肩膀、腹部还是腰肢，只管让身上各个部位时而用力、时而放松，来表演各种各样的曲线形态。我拼尽所有力气，去完成这场精彩绝伦的大戏里的重要角色。


"亲爱的，亲爱的，亲爱的！"

听到有人从很远的地方呼唤我。那声音越来越近。我的身体像地震般晃动着。

"你是不是做噩梦了？"

我睁开迷蒙的眼睛，看见女友的巨大面庞在我的眼前晃动。

"做了个梦。"

我喃喃着，打量她的脸。

"哎呀，你浑身都是汗呢……是很可怕的梦吗？"

"是很可怕的梦。"

她的脸颊仿佛夕阳西下时的山脉，光影分明，白发般长长的汗毛为分界线镶上了银边。鼻翼两侧的油珠闪着旖旎的光，吐出油珠的毛孔大如洞穴，妩媚地喘息着。此时，她的脸颊好似一个巨大的天体，徐徐地盖住了我的眼帘。

# 携带贴画旅行的人

江 户 川 乱 步 猎 奇 篇

这个故事倘若不是我的梦境或我一时失常产生的幻觉，就表明带着那幅贴画①旅行的男人是个疯子。不过，如同我们在梦里偶尔会窥见不同于这个世界的另一个世界，或者疯子能看到或听到我们常人完全感知不到的事情那样，这件事可能是我通过"大气"这个奇异的镜头，偶然窥见了我们的世界之外的异世界的一隅吧。

　　记不清是何时了，只记得那是个暖融融的阴天，我为了看海市蜃楼专程去了鱼津，那是在返回途中遇到的事。我提起此事时，一个朋友曾撑了我一句："你不是从来没有去过鱼津吗？"对他的质疑，我还真拿不出何年何月何日去过鱼津的证据。如此看来，这的确是我做的一场梦吗？可是，我从来没有做过这样色彩绚烂的梦。通常梦中的景色就像黑白电影一样，全无色彩，然而，在那趟火车上，尤其是作

---

① 这里的贴画指日本的押绘这种传统工艺做成的工艺品。它是用厚纸板剪出花鸟、人物等的形状，放上棉花后用漂亮的布包起来贴在物体上的一种手工艺品。——编者注

为中心的那幅刺眼的贴画，却是以鲜艳无比的紫色和胭脂色为主，犹如蛇眼一般让我至今无法忘怀。到底有没有彩色电影般的梦境呢？

那天，我有生以来第一次目睹了海市蜃楼。在我的想象中那像是一幅从贝壳的气息中浮现出美丽龙宫的古画，当真正的海市蜃楼出现在我眼前时，我竟然吓得大惊失色，浑身冒汗。

在鱼津海滨的松树林荫道上，聚集着密密麻麻的人群，他们都屏息凝神地眺望着前方的蓝天和大海。我从没见过那样宁静得犹如失语般的海面，这出乎我的意料，我一直以为日本海是波涛汹涌的。我面前的大海是灰色的，没有一丝波澜，就像一直延伸到天际的巨大沼泽，而且如太平洋般没有水天的分界线，大海与天空融合于同一种灰色，仿佛被厚度不明的雾霭覆盖。雾霭上部我以为是天空的部分竟是海面，一片幽灵般的巨大白帆轻快地滑行而过。

所谓海市蜃楼，像是在一张乳白色胶片上滴上墨汁，待墨汁自然渗透后，将它放大成巨大的影像投射到空中的景象。

遥远的能登半岛的森林，通过不同大气的变形镜头，投影到我们眼前的大气中，就像在没有调好焦距的显微镜中呈现的黑虫似的，朦朦胧胧却又大得吓人，朝着观者的头顶压下来。它宛如奇形怪状的乌云，可若是真正的乌云，人们能够清晰地看到其位置，海市蜃楼则相反，让观者无法判断自己与它的距离，真是不可思议。它忽而化作漂浮于海上的妖怪，忽而又如近在眼前的异形雾霭，后来甚至变成浮现在观者视网膜上的一片阴影。海市蜃楼这种飘忽不定的距离感让人们感受到超乎寻常的恐怖与疯狂。

大气中朦胧的影像忽而变成巨大的黑色三角形，如宝塔一样层层增高；忽而瞬间倒塌，变成一长条，像火车那样飞速移动；忽而又分裂成了几段，貌似一排挺拔的杉树的树枝，纹丝不动，不多久又幻化成了其他形状。

如果海市蜃楼的魔力能让人发狂，那我在上了回程的火车后，仍旧无法摆脱这魔力的影响。我站了足足两个多小时，眺望空中变幻莫测的景象。从傍晚离开鱼津到在火车上过夜前，我一直处于精神恍惚的状态。说不定那海市蜃楼如同过路妖魔，是那种拂过人心便会使人短暂疯癫的东西。

我从鱼津车站登上开往上野的火车时，是傍晚六点左右。不知是偶然，还是那边的火车一向如此，我乘坐的二等车厢如教堂般空荡荡的。除了我，只有一个先到的乘客，深深地蜷缩在对面角落的座椅上。

火车沿着寂静海岸的悬崖峭壁或沙滩，哐当哐当地向前飞驰着。在沼泽般雾蒙蒙的海面上，隐约可见一抹暗红色的晚霞。我望见异常硕大的白色船帆在迷雾中滑行，恍如梦境。那天很闷热，没有一丝风，所以每个车厢的窗户都开着，随着疾驰的火车吹进来的微风也幽灵般见首不见尾。一闪而过的短隧道和一排排的防雪柱子，将广漠的灰色天空和大海变成了斑马条。

火车经过名为亲不知的断崖时，车内灯光和车外天色的亮度相近了。这时，对面角落里的乘客突然站了起来，将一块黑绸大包袱皮铺在坐席上，然后取下靠在车窗上的一件约有两三尺长的扁平东西，用包袱皮包起来。他的举动不知怎的引起了我的好奇。

那扁平之物无疑是一幅画，它本来是正面朝着玻璃窗靠在那里，这似乎有什么特别的用意。看样子他曾特意把原本包在包袱皮里的画取出，正面朝外靠在车窗上。当他把画包起来的时候，我瞥了一眼那幅画，那是一幅色彩艳丽、生动逼真的画，看上去非比寻常。

我重新打量起带着这么个物件坐火车的人来，我吃惊地发现，比起那幅不寻常的画，携带这画的人更加不同寻常。

他身穿一件老式的窄领垫肩黑色西服，这种样式如今只能在父辈一代年轻时的褪色老照片中见到。然而，这西服穿在个高腿长的他身上竟然非常合身，甚至有些帅气。他是长脸，除了两眼格外有神，整个人也整洁利落。加上漂亮的分头浓密而黑亮，猛一看只有四十岁左右，但仔细观察，会发现他的脸上满是深深的皱纹，说是六十岁也不为过。满头乌发与皱纹纵横的苍白面容实在反差太大，我刚意识到这一点时，着实吃了一惊，感觉有些瘆人。

他仔细地把东西包好后突然朝我看过来，恰好我也正好奇地瞧着他的一举一动，于是我们的视线在空中相遇了。他有些不好意思地对我咧嘴笑了笑，我也不由自主地冲他点了点头。

火车又经过了两三个小站，其间我们照旧坐在各自的角落里，远远地偶尔视线交错，又不好意思地将目光投向窗外，就这样重复多次。车窗外已被黑暗笼罩，即便把脸贴在玻璃上看外面，也只能望见远方海面上漂浮着的渔船舷灯的朦胧影子，除此之外什么亮光也看不到。在无边无际的黑暗中，我们这节狭长的车厢似乎成了唯一存在的世界，无休止地、哐当哐当地向前奔驰着。在这昏暗的车厢里，只有我和他两个人，仿佛全世界的生物都消失得无影无踪。一路上途经各站，我们这节二等车厢没有上过一位乘客，就连乘务员和列车长也没有出现过一次，现在回想起来，的确不大正常。

我渐渐地觉得这个既像四十岁又像六十岁的、有着西洋魔术师风采的男人有些可怕起来。恐惧这种东西，在没有其他干扰时，往往会无限地扩大，以致充满整个身体。我再也无法克制这种令人汗毛倒竖的恐惧，突然站起来，朝着对面角落的男人大步走去。正是觉得他讨厌、可怕，我才要靠近他。

我悄然坐到他对面的座位上。近看时我发现他那张布满皱纹的白脸越发异样了，反倒觉得自己成了妖怪似的，怀着不可思议的心情，眯起眼睛，凝神屏息地盯着他看。

从我离开座位时，男人的目光就一直迎着我，当我直勾勾地盯着他看时，他仿佛早就等着我似的，冲着身边的扁平包裹抬了抬下巴，直截了当地像是打招呼似的对我说道：

"你想看它吗？"

听他口气极其自然，我反倒吃了一惊。

"你是想看这东西吧？"

见我没说话，他又问了一遍。

"可以给我看看吗？"

我被他的话牵着走，竟然脱口而出了意想不到的话。其实我不是为了看他的包裹才离开座位的。

"我很愿意给你看一看。刚才我就一直在想，你一定会过来看它的。"

男人，不如称他老人更恰当些，一边这么说着一边用细长的手指灵巧地解开了包袱，取出那幅画，靠在车窗上。这回是让画的正面朝向了车内。

我只看了一眼画面，就不由得闭上了眼睛。为什么会这样，我至今也不明白，只觉得非如此不可。几秒钟后，我再次睁开眼睛，只见出现在我眼前的是不曾见过的奇妙画面，尽管我也说不清楚它究竟"奇妙"在哪里。

那幅画的背景如同歌舞伎舞台上的宫殿布景，多个房间的隔门敞开着，使用夸张的远近法，将连为一体的崭新榻榻米和格子顶棚描绘出了延伸到很远的透视感，整个背景由醒目的蓝色为主色调的矿物颜料绘制而成。左前方粗线条地勾勒出书院式的墨黑窗户，同色调的书案不起眼地摆放于窗边。更通俗地说，这些背景与那种绘马①上的独特绘画风格很相似。

---

① 绘马：指日本神社、寺院里祈愿时用的敬奉物品，一般为木制，多为五边形，通常在一面绘制马匹图案，在另一面写敬奉者的姓名和心愿。

在这背景之中，有两个不足一尺高的人物凸显出来。说凸显出来，是因为只有这两个人物是用贴画工艺做的。一个人物是穿着老式黑天鹅绒西服的白发老人，他拘谨地坐着（令人匪夷所思的是，画中的老者除了白发，不但相貌酷似这幅画的主人，连穿的西服做工也如出一辙）；另一个人物是一位十七八岁的、梳着水滴样的结棉发式[①]的美少女，她身着红底白花长袖和服，腰系黑色绸缎腰带，满面娇羞地依偎在老者的膝头。这幅画描绘的应该是戏剧里的风月场面。

虽说穿西装的老者和美艳的青楼女子的反差甚为怪异，但让我感到"奇妙"的并不是这一点。

与背景的粗糙相反，贴画工艺可称得上巧夺天工，令人惊叹。人物的面部是用白绢做的，很有凹凸感，甚至精细到每一条细小的皱纹。姑娘的秀发一定是用真人发丝一根根植入的，并绾成了发髻；老者的白发也是用真人的白发精心植入的。西服上的针脚非常规整，甚至在应该有纽扣的地方钉了一个个芝麻粒大小的扣子。少女无论是鼓起的胸部，还是优美的腿部曲线、领口露出的绯红绉绸内衣、隐约可见的细嫩肌肤、纤纤玉指上晶莹如贝壳的指甲，都精致得让人感觉如果用放大镜看，说不定还能看到汗毛和毛孔。

对于贴画，我只见过毽子板上的艺人面部贴画。毽子板上有的贴画虽然也很精致，但与这幅画根本不能相提并论，这幅画想必出自行

---

① 结棉发式：日本发髻的一种，形成于江户时代后期，因形状似盘起的棉花而得名，多为年轻未婚女性所扎。

当里的名家之手。然而这也不是我所说的"奇妙"之处。

这幅画看上去很旧了，背景的颜料已多处剥落，就连姑娘身上的绉绸和老者身上的黑天鹅绒也褪色得厉害，然而奇妙的是，这斑驳而褪色的画仍有着难以名状的鲜明，给观看者留下栩栩如生的深刻印象。这一点确实有些不可思议，但仍不是我觉得"奇妙"的地方。

如果一定要说哪里奇妙的话，那就是两个贴画人物原本都是活着的。

在净琉璃戏剧一天的表演中，只有一次或两次，而且是极短的瞬间里，名演员使用的偶人会突然神灵附体般真的活了。而这画里的贴画人物给人的感觉，仿佛是将那瞬间活了的偶人一下子贴在木板上，让生命灵魂来不及逃离，从而永远看上去都活生生的。

老人大概是看到了我惊异的表情，非常欣喜地大声说道：

"啊，你说不定能看懂它啊！"

他边说边小心翼翼地打开刚才背在肩上的黑色皮箱的锁，从里面取出一个老式的双筒望远镜递给了我。

"请你用这个望远镜再看一看。在这儿看太近了，不好意思，请你退后几步。好了，就站在那儿最合适。"

虽说老人的要求让我摸不着头脑，但我已经被强烈的好奇心俘虏，便依照老人的要求从座位上站起来，退后了五六步。老人为了让我看得更清楚，双手把画举起来对着灯光。现在回想起这一幕，还是觉得有些怪异而疯狂。

那架望远镜恐怕是三四十年前的舶来品，是我小时候经常在眼镜店橱窗里看到的那种形状奇特的棱镜双筒望远镜。由于磨损，它的黑色表皮剥落了，露出斑驳的黄铜质地，它和它的主人穿的西服一样，都是相当古老的、令人怀念的物品。

我很稀罕地摆弄了一会儿望远镜，刚把它举到眼前准备观看那幅画时，老人突然大叫起来，那刺耳的声音吓得我差点儿把望远镜掉在地上。

"不，不对！你拿反了！不能反着看！不对！"

老人脸色变得苍白，瞪大两只眼睛，不停地摆着手。反着看望远镜为什么让他如此惊慌呢？我不能理解老人的奇怪举动。

"好的，好的，我刚才拿反了。"

我急于用望远镜观赏那幅画，并没有特别在意老人的奇怪表情。我赶紧把望远镜掉过来举到眼前，细瞧两个贴画人物。

通过调整焦距，两个圆形视野渐渐变成了一个，朦胧的彩虹样的东西也逐渐清晰起来。被放大了数倍的姑娘胸部以上的身躯充满了我的整个视野，仿佛整个世界都展现在我的眼前。

那种视野瞬间被放大的感觉，我仅体验过那一次，所以很难给读者说明白。打个比方的话，可以说像从船上潜入海底的海女某一瞬间的动作。裸体的海女潜入海中后，由于蓝色海水剧烈晃动，表面看她们的身体犹如水草一般不自然地扭曲起来，轮廓朦胧，仿佛白蒙蒙的妖怪，可是随着她们从海底浮上来，蓝色海水逐渐变浅，形状越来越清晰，当她们的头猛地出现在海面时，那一瞬间，感觉眼前为之一亮，水中的白色怪物一下子变成了人。就和那种感觉一样，贴画中的姑娘出现在我的望远镜中时，突然变成一个真人大小的、活生生的姑娘动了起来。

十九世纪的老式棱镜望远镜中出现的是一个超出我想象的异样世界。在那里，一位梳着结绵发式的青楼女子和一位穿老式西服的白发老者怪异地生活着。就是说，此刻魔术师让我看到了不应该看到的场景，我怀着这种无法形容的古怪心情，如鬼魂附体般入迷地看着那不可思议的世界。

其实那姑娘并没有动弹，但她整个人给我的感觉却与不用望远镜观看时截然不同，充满了勃勃生气，原本苍白的脸颊泛起一片桃红，胸口起伏着（我甚至听到了心脏跳动的声音），妙龄女子的身体仿佛透过绯红色绉绸散发出青春的气息。

我通过望远镜看遍了女子的全身后，才把镜头转向她依偎着的、幸福的白发老者。

同样，在望远镜的世界里，老者也仿佛是有生命的，他用手臂搂住年龄相差四十岁的年轻女子的肩，神情甚是幸福，但奇怪的是，当镜头将他布满皱纹的脸部放大到最大时，那皱纹深处却呈现出奇特的苦闷表情。这是不是由于望远镜的放大作用，使老者近在咫尺的脸变形了呢？可是我越仔细看，越感觉他脸上有一种令人毛骨悚然的、悲痛与恐怖交织的异样表情。

看到这里，我就像被噩梦缠身，无法再看下去，不由自主地放下望远镜，茫然地环顾着周围。我发觉自己仍然身在寂静的夜行火车车厢里，那幅画和双手举着画的老人都一如刚才。窗外漆黑一片，火车依旧发出单调的声音，我却感觉自己刚刚从噩梦中醒来。

"看你的表情，好像觉得不可思议啊！"

老人把画靠在车窗上后回到座位上，一边冲我招手示意我坐到他的对面，一边盯着我的脸说道。

"我感觉头不太舒服，怎么这么闷热啊？"

我掩饰地回答道。老人探身过来，把脸凑近我，细长的手指像打什么手势似的在膝上敲着，压低声音对我说道：

"他们是活的吧？"

接着，他像是要告诉我一个重要秘密似的，把身子探得更近了，炯炯有神的眼睛瞪得溜圆，死死地盯着我的脸，小声问道：

"你想知道他们的真实身世吗？"

由于火车的晃动和车轮声音的干扰，老人的声音又很低，我以为自己听错了，就反问道：

"您刚才是说他们的身世吗？"

"是啊，关于他们的身世，特别是这位白发老者的身世。"老人仍旧压低声音回答。

"是从他年轻的时候讲起吗？"

那晚，我也不知怎么搞的，说话的口气充满了兴致。

"是的，是他二十五岁时发生的事。"

"我很想听您讲一讲。"我就像是想听活着的人的经历一样，若无其事地催促老者讲下去。于是，老人满是褶皱的脸上露出了笑容，说道：

"啊！你果真愿意听我讲啊！"

然后，他给我讲了一个难以置信的离奇故事。

"那是我这一生中的重大事件，所以至今仍历历在目。哥哥是明治二十八年四月变成那样的（他说着指了指贴画里的老者），那是二十七日傍晚发生的事。当时，哥哥、父母和我一起住在日本桥的三丁目，父亲经营着一家绸布店。听说那是在浅草的凌云阁①开始运营不久后发生的事。那段时间哥哥每天都欢喜地登上那个凌云阁，因为哥哥是个喜欢新玩意儿的人，尤其喜欢洋货。这架望远镜也一样，哥哥是在横滨华人街的一家旧货店里发现的这个外国船长用的东西，他说为了买它花了不少钱。"

老人每次提到哥哥，都会朝贴画里的老者看上一眼，或用手指一指他，好像他就坐在那里似的。老人已经把记忆中的哥哥和贴画里的老者混在一起，仿佛贴画里的老者复活了，正坐在一旁听着他的讲述似的，他说话的口气也像在对着旁边的第三者讲述。更不可思议的是，我竟然丝毫不觉得奇怪。在那个瞬间，我们好像进入了超越了自

---

① 凌云阁：浅草的名胜，是由英国建筑师设计的12层塔状西式建筑，也被称为浅草十二楼。它在1923年的关东大地震中被损毁。

然法则的、与我们身处的世界截然不同的另一个世界。

"你有没有登上过凌云阁呢？啊，没有上过，那可太遗憾了。不知是何方的魔术师建造的，那实在是无可比拟又匪夷所思的建筑啊。外表是意大利<sup>①</sup>工程师巴尔顿设计的。请想一想，那时候的浅草公园，有名的东西屈指可数，比如蜘蛛人杂耍、娇娘舞剑、踩球、源水<sup>②</sup>的陀螺表演以及拉洋片<sup>③</sup>，最有趣的也不过纸糊的富士神<sup>④</sup>，以及叫迷宫的杉墙八卦阵等。在那样的地方，突然间高耸入云的砖塔拔地而起，你说吃惊不吃惊！据说有七八十米高，高塔的八角形屋顶就像唐人的帽子似的尖尖的，只要稍微登上高处，从东京的任何角度都能望见那座红砖怪物。

"我刚才说过，事情发生在明治二十八年的春天。哥哥刚买了这架望远镜不久，我们就发觉哥哥身上发生了奇怪的变化。父亲甚至担心他精神失常，我也担心得不得了，你也看得出来，我这人很看重兄弟情。怎么跟你形容呢，哥哥饭都不好好吃，也不跟家里人说话，在家的时候总是把自己关在房间里闷头想心事。他身体日渐消瘦，面色枯黄，像害了肺病似的，只有两只眼睛骨碌骨碌地转着。当然，他

---

① 此处为作者笔误，巴尔顿是英国设计师。

② 源水：指松井源水的街头艺人名号，第四代传人迁居江户后，世代在浅草进行陀螺表演并兜售药物等。

③ 拉洋片：一种民间艺术，表演者在四周安装有镜头的木箱内装备数张图片，用灯具在箱内照明，表演时表演者在箱外拉动拉绳，操作图片卷动，同时配以演唱等，来解释图片故事内容。观看者通过镜头观看表演。

④ 富士神：人们对浅草的浅间神社的爱称，源自对富士山的信仰。

平时的脸色就不太好，现在更加苍白，无精打采的，看着十分可怜。尽管身体这个样子，他依旧每天像去上班似的，下午必定出门，直到傍晚才回家。问他去哪里了，他也不回答。母亲非常着急，变着法地想问出他闷闷不乐的原因，哥哥却什么也不说。这种情况持续了近一个月。

"因为太担心，一天哥哥出门后，我悄悄地跟着哥哥出了门，想搞清楚他到底去哪儿了。其实也是母亲让我这么做的。那天跟今天一样是个阴天，下午哥哥穿着那件他自己设计后请专人缝制的、当时算是非常时髦的黑天鹅绒西服，背着他的望远镜出了门，晃晃悠悠地往日本桥大街的铁道马车①方向走去。我小心翼翼地跟随其后，不让他发现。谁承想，哥哥等去上野的铁道马车来了后，一下就上了车。那种车和现在的电车不同，因为车少，间隔时间特别长，所以根本不可能坐下一趟车继续跟踪。没办法，我只得掏出母亲给我的所有零花钱，雇了一辆人力车。你大概不知道，虽说是人力车，但只要车夫跑得快，追上铁道马车也不在话下。

"等哥哥下车后，我也下了人力车，继续远远地跟着他，最后竟然走到了浅草的观音堂。我看见哥哥穿过商店街，走过正殿，从后面的杂耍小摊边的人群中挤过去，来到刚才提到的凌云阁跟前，然后走进石门，掏钱买了门票，从挂着凌云阁匾额的入口进入了塔中。我

---

① 铁道马车：在马路上铺设铁轨，用马拉轨道上的客车的公共交通设施。

惊讶极了，做梦也没想到哥哥每天都到这里来。那时我不到二十岁，幼稚地以为哥哥也许被凌云阁里的妖魔迷了心窍。

"我只跟着父亲登上过一次凌云阁，那之后便再也没来过，总觉得那里面很可怕，可是看到哥哥进去了，无奈我也只得跟了进去。我踩着比哥哥低一层的昏暗石阶往上爬。高塔的窗户不大，砖墙又厚，里面就像地窖一样阴森森的。血腥、残忍到无法描述的油画在照进来的微弱光线下反着荧光。夹在其间的阴森石阶就像蜗牛壳似的一直向上旋转延伸，仿佛没有尽头，我觉得自己快要疯掉了。

"塔顶只围了一圈八角形的栏杆，没有墙壁，因而变成了视野开阔的走廊。这里豁然开阔，与刚才又长又阴森的阶梯形成鲜明的对比，令我十分震惊。云朵近在眼前，仿佛伸手就能够到。凭栏远眺，东京的房屋竟然像垃圾堆一样杂乱不堪，品川的御台场也小得像颗盆景石。我觉得有些晕眩，强忍着俯瞰下面，连观音堂也变得特别低矮。表演杂耍的小摊像是一个个玩具模型，路上的行人也只能看到头和脚。

"塔顶上有十几名游客聚在一起，边眺望品川方向的海面边惊异地小声议论着。哥哥则远离他们，独自一人举着望远镜，一门心思地盯着浅草观音堂的方向。我从后面望着他的背影，只见低垂的厚重白云清晰地衬托出了哥哥身着黑天鹅绒西服的身影，从我的角度完全看不到下面杂乱的景色，恍惚间明知那是哥哥，却又觉得他宛如西洋油画中的人物一般神圣，我连叫他都踌躇起来。

"但是，我想起了母亲的吩咐，不能只是这样跟着，就走到哥哥的身后问道：'哥哥，你在看什么呢？'哥哥吃了一惊，回过身来露出尴尬的表情，却什么也没说。我接着说道：'哥哥，你最近的样子，爸妈都非常担心，他们很想知道你每天都去什么地方了，原来哥哥都上这儿来了啊。能告诉我为什么来这儿吗？只告诉平日最要好的弟弟，好吗？'幸好附近没有旁人，我可以在塔顶劝说哥哥。

　　"不管怎么问，哥哥都不说话，我就反反复复地追问，最后哥哥终于将一个月来深藏在心底的秘密告诉了我。谁承想，导致哥哥烦闷的也是一件无比离奇的事。哥哥告诉我，一个月前他在凌云阁用望远镜眺望观音堂时，看到人群中有一位美丽的姑娘，美得就像仙女下凡。一向对女色很淡然的哥哥，竟然被望远镜中的女人迷得魂不守舍了。

　　"当时哥哥只看了一眼，因过于震惊而拿开了望远镜，等他定了定神，举起望远镜想再看她时，却怎么也寻找不到姑娘的倩影了。望远镜里的景物看似很近，其实很远，而且人又多，看到过一个人，却未必能再找到。

　　"从那以后，哥哥便对那望远镜里看到的美丽姑娘念念不忘，哥哥是个非常内向的人，结果害起了从前人所谓的相思病。现在的人听了也许会发笑，但那个时代的男人有不少谦谦君子，只因偶然看到某位女子，便为那女子害起相思病的并不少见。不用说，哥哥为了那女子茶饭不思，日渐消瘦，但仍拖着病弱之身，抱着再次看到那女子路过浅草观音堂的悲凉希望，每天像出勤一般准时登上凌云阁，用望远镜苦苦寻觅。爱恋这东西实在不可思议！

"哥哥讲明了原委后，又像患了热病似的举起了望远镜。我对哥哥产生了深深的同情，明知这种大海捞针式的寻找是徒劳的，又不忍心对他进行劝阻，我无比伤感，含泪久久凝视着哥哥的背影。此时此刻……啊！我至今都无法忘却那神奇而美丽的情景。虽然已经过去三十多年了，但只要我一闭上眼睛，那梦幻般的色彩就会清晰地浮现在眼前。

"我说过，我站在哥哥身后时只能看到朦胧的天空，在乱云的衬托下，哥哥身穿西服的消瘦身影如同绘画般浮现出来，在空中缓缓移动的浮云令我不由得产生了错觉，仿佛哥哥的身体在宇宙中飘浮着。正在这时，就像放烟花那样，无数个赤橙黄绿色的彩球争先恐后地飘上明亮的天空。我说的你大概不太明白，那景象像一幅画面，又像某种预兆，我的心情也被莫名的情绪笼罩。这是怎么回事？我赶紧探头往下看，原来是卖气球的摊主不小心放飞了手中的一大把气球。在那个时代，气球还很少见，即使知道了原因，我还是感觉神情恍惚。

"奇妙的是，这似乎成了契机，哥哥此时表现出特别兴奋的样子，苍白的脸涨得通红，呼吸急促地跑到我跟前，一把抓住我的手说了句'快走，不赶紧去就来不及了'，然后拉着我一直往下走。我被他拽着，一边飞快地下楼梯一边忍不住问：'怎么回事？'他说：

'我好像看到那姑娘了，她正坐在一个铺着新榻榻米的大房间里，现在赶过去肯定还在原地呢！'

　　"哥哥所说的发现姑娘的地方，是观音堂后面的一个很宽敞的客厅，旁边一棵大松树是显眼的标记。当我们跑到观音堂后面去找那位姑娘时，找到了大松树，却发现附近根本没有一户住家，我们感觉像被鬼魂附体了。我想一定是哥哥鬼迷了心窍，看着哥哥沮丧的样子实在可怜，为了宽慰哥哥，我又跟他去附近的茶棚等地方找了一遍，仍然没有见到那姑娘的踪影。

　　"四处寻找女子的过程中，我和哥哥走散了，当我找遍了茶棚回到刚才的大松树下时，看到各种小摊中有一家拉洋片的摊子发出甩鞭子似的啪啪声，哥哥正半蹲着，全神贯注地看着那拉洋片的镜头。'哥哥，干什么呢？'我走过去拍了下他的肩膀问道。哥哥吃惊地回过头，他当时的表情我至今难忘。怎么说呢，就像沉浸在梦中，面部表情呆滞，眼睛盯着远处，对我说话的声音都是飘飘忽忽的。他对我说：'你看，我们要找的姑娘就在这里面呢。'

　　"听他这么一说，我也马上付了钱，窥视起镜头来。那个片子讲的是八百屋于七①的故事。我看到的是在吉祥寺的书院里，阿七依偎在吉三怀里的画面。我记得很清楚，摊主夫妇一边甩着鞭子打拍

---

① 八百屋于七：传说中蔬菜店女儿于七的故事。于七因为江户大火认识了寺院杂役吉三并坠入情网，后来为了再次见到吉三，于七自己纵火，最后受火刑而死。于七的恋人名字说法众多，此处拉洋片里用的是吉三。

子，一边声音嘶哑地唱着：'伏在郎膝上，眉目可传情。'啊，大概因为唱词腔调阴阳怪气的，所以我对此印象深刻。

　　"洋片中的人物都是用贴画工艺制作的，想必出自名家之手。阿七的脸栩栩如生，无比美艳，连我都以为她是活着的，也难怪哥哥会那么说了。哥哥道：'即使知道了这姑娘是个手工做的贴画，我也无法死心。可悲啊，但就是无法死心。哪怕一次也好，我也想成为贴画里的吉三，和这位姑娘说说话。'哥哥呆呆地站在那儿，一动也不动。我注意到拉洋片时，为了采光，箱子上面是敞开的，也许站在凌云阁塔顶的哥哥是用望远镜从倾斜角度看到了那幅画面。

　　"那时已是黄昏，游人渐渐稀少，洋片摊前只剩下两三个淘气的孩子还舍不得走，围着洋片转来转去。从中午起就阴沉沉的天空，到了傍晚乌云压得更低了，眼看就要大雨倾盆，天气好像发疯似的骤然改变，远处还响起了轰隆轰隆的雷鸣声。尽管如此，哥哥一直目不转睛地盯着远方，久久地伫立在那里。我感觉足足有一个小时之久。

　　"直到天黑透了，远处踩球摊的煤气灯开始闪烁光芒时，哥哥才忽然清醒过来似的，猛地抓住我的手，说了一句莫名其妙的话：'我想了个法子，你帮帮我吧！把这个望远镜倒过来拿，把眼睛贴在大镜片那边，对着我看吧。'我问他：'为什么这样？'他只是说：'你别问了，就照我说的做吧。'我天生就不太喜欢眼镜一类的东西，无论是望远镜还是显微镜，它们能将远处的东西一下子拉近到眼前，或是将小虫子变成野兽那么大，我对这种魔力有些畏惧，因此很少用哥哥的宝贝望远镜看东西。而且越是少用，越是觉得它具有魔力。再说当时天色已晚，连人脸都看不清楚，哥哥还让我在冷清清的观音堂里，反着拿望远镜去看他，不仅疯狂，还令人毛骨悚然。可是，既然是哥哥求我，我没办法只能照做。由于是反着看望远镜，所以离我只有五六米远的哥哥变小了，只有两尺来高，因为缩小了，在镜头中清晰地凸显出来。周围的景物都看不到，只有变小的哥哥穿着西服直直地站在镜头正中央。而且哥哥好像还在往后退，眼看着他变得越来越小，最后变成了一尺高的偶人一样可爱的样子了。紧接着，连那小小的身影也嗖的一下浮上空中，转瞬间融入黑夜之中去了。

"我吓坏了（这把年纪说这话可能让人笑话，但当时我真的吓得魂飞魄散），猛地放下望远镜，一边大叫着'哥哥'，一边朝着哥哥消失的方向跑去。可是不知怎么回事，无论怎么寻找，也不见哥哥的踪影。按说一眨眼的工夫，他不可能走远的，可我就是找不到他。你能想象吗？我的哥哥就这样从这个世界永远消失了啊……从那以后，我更加害怕望远镜之类有魔力的器具了，尤其是这种不知是哪国船长使用的望远镜更令我讨厌。其他望远镜我不清楚，这个望远镜，我坚信，无论发生什么事情，绝对不能把它倒过来看，倒过来看，就会发生可怕的事。现在你明白为什么你刚才把望远镜拿反了，我会那样惊慌地阻止你了吧？

"我当时寻找了好久，累得筋疲力尽才回到了刚才那家拉洋片的摊子前，就在此时，我终于恍然大悟。我猜想，由于对那贴画里的姑娘太思念了，哥哥说不定是借助望远镜的魔力，把自己缩小到和画中人同样大小，悄悄进到贴画的世界里去了吧？于是我央求还没有收摊的摊主再放一遍吉祥寺那一幕。果然如我所料，在煤油灯的光照中，哥哥变成了贴画，取代了吉三，正美滋滋地怀抱着于七姑娘呢！

"不过，看到这景象，我并不觉得悲伤，我为哥哥达成心愿、获得幸福而感到喜悦，还差点喜极而泣。我拜托摊主无论如何把洋片里这幅贴画卖给我，要多少钱都行（奇怪的是，老板竟丝毫没发现穿西服的哥哥已经替代了穿武士装的吉三坐在那里的事）。我飞快地跑回家，一五一十地把事情经过告诉了母亲，你猜他们怎么说？他们说'你小子是不是疯了'，无论我说什么，他们都不予理会。你说是不是特别滑稽呀？哈哈哈……"

老人说到这儿，觉得特别可笑似的哈哈大笑起来。奇妙的是，我竟然也跟着呵呵笑起来。

"因为他们根本不相信活人会变成贴画啊。我说哥哥变成贴画的证据，就是哥哥突然人间蒸发了，他们就说哥哥是离家出走了，全是想当然的猜测，很好笑吧？最后，我不顾父母说什么，死乞白赖地跟母亲要了些钱，终于从洋片摊主手里买下了这幅画。我带着这幅画，从箱根旅行到镰仓，我这样做是为了让哥哥享受一趟新婚旅行。每当乘坐火车时，我就不由得回想起当时的情景。当时我也像今天这样，把画的正面朝着窗外靠在窗户上，因为我想让哥哥和他的恋人欣赏到外面的景色。哥哥不知有多么幸福呢！而这位姑娘又怎么可能不接受哥哥的一片真心呢？他们二人一定如同新婚燕尔的夫妻，脸色羞红，互相紧紧依偎，诉说着绵绵无尽的情话。

"后来父亲关闭了东京的买卖，全家迁回了富山附近的老家，我也一直跟随父母住在那边。转眼三十多年过去了，我想让哥哥也看一看阔别多年、变化巨大的东京，所以这次又带着哥哥一起出来旅行了。

"可悲的是，这姑娘无论多么栩栩如生，毕竟是个手工制品，所以她不会变老，可我哥哥虽然变成了贴画，却是强行改变形态，终究是个有寿命的人，所以也会和我们一样渐渐衰老。请看，当年二十五岁的翩翩美少年，已经变成了这般满头白发、满面皱纹的老者了。这对哥哥来说是多么痛苦的事啊！恋慕的女人依旧年轻貌美，只有自己不断地衰老下去，多么可怕啊！你看，哥哥的表情是悲伤的。从几年前开始，他就总是露出这样痛苦的神情，一想到哥哥很痛苦，我就特别同情哥哥。"

老人一直神情黯然地望着画中的老者，这时突然回过神来似的说：

"啊，不好意思，我给你讲了一个这么长的故事。不过，我想你都听懂了。你不会像其他人那样认为我是个疯子吧？啊，看来我是找对人了。哥哥，你们可能也累了，当着你们的面，讲了那个故事，你一定觉得很害羞吧？那么，现在就请你们休息吧。"

他说着用一块黑色的包袱皮轻轻地把画包起来。在这一瞬间，不知是不是心理作用，我仿佛看到两个贴画偶人都对我投来羞涩的浅笑。此后老人没有再开口，我也一直沉默着。火车仍旧发出哐当哐当沉重的声音，在黑暗中向前奔驰。

差不多过了十分钟，车轮的节奏慢了下来。车窗外出现了两三盏幽幽放光的照明灯，火车停在了一个不知站名的山间小站，只见站台上孤零零地站着一个站务员。

"我先下车了，我要在这里的亲戚家住一宿。"

说完，老人抱起那个包裹立刻起身下了车。我透过车窗，望着老人瘦高的背影（这背影跟贴画中的老者太相像了）走到简陋的栅栏处，将车票递给检票员，然后融入黑暗之中消失不见了。

# 乱步谈乱步

# 一页自传

　　高台上有座城镇，我和祖母在那里的一座有石头鸟居的神社里玩，听到下方传来呜的一声汽笛响，玩具似的火车呼啸而过，这便是我在人世间最初的记忆。我那时两岁，住在伊势地区龟山町。

※

　　我穿着老爹的背心，身上垂着佩剑，无人做伴，形单影只地威风了一段时间，便到了上学的年纪。我进入了名古屋市白川寻常小学，后来成为建在萝卜田里的热田中学的首届毕业生，是个对赛跑谈之色变、对器械体操一窍不通的羸弱少年。加上性格内向腼腆，我仿佛是为了被强者欺压而生的，而且上学期间有半数日子因病缺席。

※

　　因为老爹破产缴不出学费，我学会了生活处世，说白了便是掌握了能得到资本主义社会青睐的技术。

我半工半读地在早稻田大学毕了业，学的是经济学。在校期间我从事的工作有市立图书馆管理员（因为优待少年读者而被斥责）、政治杂志记者（和朝大隈扔炸弹的笨蛋是同事，此人是杂志社里最老实且内向的）、初级英语家教等。

但有时也食不果腹，这时我会在学校对面的牛奶面包店赊账买下大量法式面包（这令人非常痛苦，若非饿得眼冒金星是做不到的），拿回我隐居的木屐店二楼，续几天小命。我尝过饥肠辘辘的怪异滋味，如今想来甚是怀念。

※

离开学校后，我被川崎克老师（司法政务次官）招入大阪某贸易公司做总管，那里有大阪生意场的味道，现在想来也挺怀念的。我并不讨厌大阪人。虽然手段有些卑鄙，但我凭着与外貌不符的商业头脑挣到了巨额奖金，生活变得骄奢淫逸。当时二十三岁。后来我因为贪玩搞砸了饭碗，便去探访各地的温泉，最后在东京落脚时已身无分文，整日想着自杀（现在也想，只不过总也死不成）。

我从那时起开始阅读日本小说，初尝文学滋味，读的主要是谷崎润一郎。同时知晓了颓废派的思考方式，随后误入歧途，过上了今朝有酒今朝醉的生活。之后，在二十四五岁至三十岁期间换了十几次工作。下面列举其中两三个。

造船厂生活——景气时期，造一艘小型货船可以挣五十万日元，奖金是月薪的二十倍。那是一座物欲横流且气候温暖的港口城市，没有比那更逍遥自在的生活了。我闲来无事就出本面向职工的杂志，办办演讲活动，去禅寺打打坐，或者钻进壁橱躺个半晌。

旧书店销售——郊外的旧书店，资金一千日元，会在书架空位摆上纸箱冒充书籍。只靠书店的薪酬无法过活，我便在上野和本乡等地摆夜摊，在寒冬的夜晚看摊的滋味也让人难以忘怀。

东京市公务员——每日的主要活动是读读府库藏书，和同事喝喝茶、聊聊天。现在的政府部门肯定忙碌得多。

中华拉面店——我就是那个吹着小喇叭、拉着车走路的家伙。一晚上卖十日元能挣七日元左右，那是冬夜里迎着寒风包馄饨的滋味。

※

详细写的话没有止境。除了上述这些，我主要还做过活版工人、《东京顽童》编辑、大阪时事记者、日本工人俱乐部秘书长、化妆品工厂主管、律师助手、大阪每日广告收发员，还有便是侦探小说作者。

（《摩登日本》昭和五年十一月刊）

# 害怕的东西

　　有个名为"馒头好可怕"的落语<sup>①</sup>段子，对话中有一句民间老话，说的是人会一辈子惧怕第一个踩过埋葬自己胞衣（包裹胎儿的羊膜、胎盘）的土地的东西。在我的孩提时期，这句老话还在世间流行，我家里的祖母等人也经常挂在嘴边，某些地区也确实会将生产时取出来的胞衣埋进土里。

　　第一个从我的胞衣上踏过的大约是蜘蛛这种虫子。我父亲的好像也是蜘蛛。

　　父亲曾给年幼的我讲过一个故事，这故事发生在父亲的少年时代。明治二年还是三年时，他穿着小小的武士礼服，被时任藩地要职的祖父领去拜见将军大人。武家宅邸一间古旧的大房间里，有只巨大的蜘蛛趴在发黑的墙上。年少的父亲独自经过那个房间时，被墙上的大怪物吓得汗毛倒竖，呆立在原地。但他毕竟是武士家庭的孩子，虽然害怕却没落荒而逃。他不知从哪儿找来一杆尖枪，拔下刀鞘，大喝一声扎了过去，把墙上那只怪物隆起的浑圆臀部刺穿了。

---

① 落语：日本传统曲艺形式之一，类似中国的单口相声。——编者注

266

流出来的血是黑色还是红色的，父亲并没有讲。

父亲说光是蜘蛛的身体就有茶杯那么大。我们住的地方气候温暖，估计现在也有差不多大的蜘蛛在老房子里爬来爬去。据说那只巨大的蜘蛛被父亲的尖枪穿透，钉在墙上，情状痛苦地瞪着两个大白眼珠直勾勾盯着父亲。

父亲当晚发了高烧，自那以后，无论多小的蜘蛛都会把他吓得魂飞魄散。我的祖母下了定论：第一个从父亲的胞衣上爬过的一定是蜘蛛。如果是蛇，他就会像怕蜘蛛一样怕蛇了。

父亲的蜘蛛恐惧症到了中年也没治好。如果榻榻米上有小蜘蛛在爬，他无法自己处理，而是让家人将其弄死或丢出去。母亲等家里其他人虽然知道父亲讨厌蜘蛛，但因为自己没那么害怕，所以常常忘到脑后，还因此闯了祸，那是父亲四十岁左右的事。

那会儿流行一种仅两寸大小的章鱼或蜘蛛外形的小玩意儿，腿是极细的铁丝圈。在竹竿上绑根线，线那头拴上红章鱼或黑蜘蛛什么的，像拿钓竿一样挥舞着玩，八条铁丝腿晃悠起来，足以乱真。

我年幼的弟弟不知从谁那里得到了这种蜘蛛玩具，一大清早便举着走到睡梦中的父亲枕边，显摆似的把它伸到父亲面前，还让蜘蛛腿颤颤悠悠地乱晃。

睡眼惺忪的父亲误以为那是活着的大蜘蛛，以为有个黑色怪物从天花板垂下一根蜘蛛丝，降到自己脑门上来了。

父亲惨叫一声，从被窝里跳了出来，然后喊来母亲，狠狠斥责了弟弟一番。听说父亲当时吓得面无血色，浑身不住地颤抖。记得父亲那次也发了烧，昏睡了两三天。

父亲的这一点遗传给了我。用祖母的话来说，第一个从我的胞衣上爬过的就是蜘蛛。那时，我家里有本破旧的线装日本名胜画册，里面有张大战蜘蛛怪的跨页插图，画的是一个身披盔甲的武士，正挥刀砍向一只在空中结网、朝人头顶袭来的比人还大的蜘蛛怪。

幼时的我喜欢边听祖母讲解，边看这本名胜画册，唯有蜘蛛怪这里要跳过不看，偶尔按捺不住好奇翻开来看，也会顿觉毛骨悚然。一想到书里有那张画，我都不敢直视那本画册了。

要说蜘蛛的哪一点让我惧怕至此，那便是它数量过多的腿。那种爬行时伸直的关节如同瞭望塔柱、屁股圆鼓鼓的蜘蛛很是恐怖；那种趴在墙上与墙同色，逃窜时仿佛一片飞快掠过的灰色雾霭的扁蜘蛛也挺吓人；还有一种在院落枝杈间结网、颜色艳丽扎眼的女郎蜘蛛也让人头皮发麻。它们将八条腿两两相并成四条，静静待在半空，腿合拢后的外观与人的笑脸竟有些相似，着实诡异。

虽然章鱼的腿也多得让人难受，但我不怕这种软塌塌的生物。还是那种腿上一节一节、嚓地快速移动的生物感觉比较可怕，因此我也讨厌虾蟹一类。话说回来，蜈蚣和蚰蜒那种腿很多的，说怕也怕，但比蜘蛛稍好些。再进一步比较的话，像蛇那类蠕动前行的家伙，我几乎不怕，反而感到有种别样的魅力。

少年时期的我也怕蟋蟀，和怕蜘蛛的程度差不多。不是黑色的黄脸油葫芦，而是体型更大、腿更长、跳得更远，并且浑身上下包括腿在内布满了褐色条纹的那种蟋蟀。

我做过的最可怕的梦，便是梦到了这种蟋蟀，因为总做同样的梦而怕到不敢入睡。

那时候我家院子里有一块所谓的"坪之内"，也就是建筑物和围墙圈出来的狭窄四方小院，在梦中，我降落到了这片院子里。

天空看不出昼夜，呈现一种梦境特有的阴沉色调。某种物体从空中以极快的速度朝我的头顶掉落下来，最开始是个黑点，随着距离越来越近，可以看出是只蟋蟀。豆粒大小的蟋蟀眼看着变大，刹那间就和四方小院的天空一般大了，它冲着我的脑袋压了过来。

那家伙全身布满了和女性的和服腰带一样宽的褐色条纹，从下面能看到那只蟋蟀的腹部，最令人作呕的腹部。

我记得蟋蟀有六条腿，但这只给我的感觉不止六条。那些腿从腹部中央长出，伸向四面八方。腹部长腿的位置颜色稍浅，甚至有些发白。那些浅色的腿从一处向四方胡乱延伸出去的情景对我来说是无法用语言形容的恐怖画面。

那让人战栗的部位被放大到实物的几十倍，朝我头顶逼近。我似乎遭遇了做梦常见的"鬼压床"，动弹不得。大蟋蟀那怪异的、朝不同方向长出腿来的腹部正来回地蠕动，妄图碰触我的脸颊。就在那恶心的腹部快要将我压扁时，我总会尖叫着醒来，然而家中寂静无声，我的眼前只有一片黑暗。

可爱的蟋蟀为何变得如此恐怖，我想无人知晓。但是，若要回顾我少年时代的梦，恐怕没有比那更吓人的了。

无论蜘蛛还是蟋蟀，现在已不那么可怕，如今我敢自己拿纸捏住它们扔掉了。不过，少年时代害怕的东西就这样一个个消失总让我感到惋惜。

我曾经怕鬼，走夜路不敢经过墓地。但到了青年时代，对蜘蛛的畏惧之心尚在，对坟地却不再害怕了。朋友说自己依旧不敢半夜里穿过大片墓地，但遗憾的是，我已经没有分毫的恐惧感了。并且从大约十年前开始，连蜘蛛也吓不到我了。我几乎失去了所有年少时曾惧怕的东西。

长大后会变得世俗，少时样貌也逐渐褪去，同样，没了怕的东西意味着失去了少年时期独有的纤细敏感，我丝毫不觉得庆幸。我想害怕些什么，毫不起眼、惹人发笑的东西也好，我想害怕些什么。

（《完结小说集》昭和二十八年四月增刊号）

# 变身愿望

　　我曾想过写一篇人变成书的故事。但是，我没能将这个点子用在面向成人的短篇里，只是偶尔在少年读物里用过。倘若把《不列颠百科全书》《世纪词典》等西方的大辞典或日本平凡社出版的《百科事典》等书籍的封皮剥下来，找手艺人将封面和封底粘在一起，将它们像乌龟壳一样贴在人的后背上，然后蜷缩四肢，后背朝外，横卧在大书架上，乍一看好似书架上摆着一排大辞典，实际上是一个人屏息静气地藏在里面。虽说这听上去荒唐可笑，但怪奇小说有时正是从这种荒诞离奇的想象中逐渐成形的。

　　以前我写过人变成椅子的故事。这个构思也是相当离奇的，其灵感便来自于"如果人变成了椅子，肯定很有趣"的突发奇想。经过深思熟虑和添枝加叶，便写成了《人间椅子》这部小说，而且在当时好评如潮。

　　人类并不满足于现实中的自己。想要成为俊美的王子、骑士或美丽的公主，这是极为寻常的愿望。可以说俊男美女、英雄豪杰出场的通俗小说，便是为满足这一愿望而写出来的。

　　儿童的梦想更加天马行空。遗憾的是，如今的童话不这么写了，但古代童话里有很多人类被魔法师变成石像、野兽或飞鸟的故事，可见人类总是期望变成其他物体。

人自古就有若能变成一寸大小该多有趣的幻想。童话里的"一寸法师"①以缝衣针为刀剑，以木碗为舟。江户时代的艳情小说里有一篇名为《袖珍男人》。一名男子凭借仙术缩身至一寸大小，可以人不知鬼不觉地藏进美女怀中或钻入浪荡公子哥的袖兜，然后丝毫不被察觉地偷看形形色色的闺中秘事。欧洲艳情小说里的跳蚤的故事②也有异曲同工之妙，却更加肆无忌惮，此跳蚤能自由涉足于大如山脉的人体各部位。

有这样一句古希腊的诙谐诗："我愿变身澡盆的木板，触摸心上人的肌肤。"我记得日本也有相似的和歌。人在一些时候，会宁愿变成澡盆的木板。

更可敬的变身便是神佛之化身了。神明能够化身为任何物体。他们会化为浑身癞疮的乞丐，考验人类的善念，并对善良之人给予巨大的福泽，还会化为飞鸟、走兽、池鱼等任何动物。其实神灵即是人类理想的象征，所以这种变化之术想必也是人类最希望到达的理想境界之一，同时也证明了人类多么喜欢"变身"。

因此，回顾世界文学史，自古便有"变身谭"一类的故事。若

---

① 一寸法师：日本童话故事的主人公，出生时只有一寸大小，因此被称为"一寸法师"。
② 跳蚤的故事：指欧洲曾流行的以"跳蚤"为题材的故事，最常见的是一只跳蚤在年轻女子身上爬来爬去的情节。

从历史角度来分析肯定很有意思，不过我的知识还达不到。要说近两年的作品，我读了两篇极为有趣的"现代变身谭"。一篇是卡夫卡的《变形记》（新潮社译本），另一篇是法国现代作家马塞尔·埃梅[①]的《变貌记》（无日语译本）。不过这两篇中描写的变身均非己愿，而是因被迫变身导致的悲惨情状，是一种变身愿望的反例。

前者众所周知，只简单介绍一下后者。这是埃梅的一部新作，首版由伽利玛出版社于1951年出版，我读的是哈珀出版社的英译本。该作虽然单独成册，但并非长篇，而是中篇。

某个有家室的中年商人，一天突然变成了一位二十多岁的美男子。当他为开具某证明在政府窗口拿出自己的照片时，办事员露出十分诧异的表情。

"你是不是拿错照片了？""没有，这就是我的照片。"办事员觉得此人脑子出了问题。照片上是个五六十岁、头发稀疏、皮肤松弛的普通男人；而面前站着的却是位二十多岁、风华正茂的帅气男子。由此看来，他如果不是故意来捣乱的，就是个疯子。办事员认定是后者，便哄他回去了。男人百思不解，在回家路上无意间看到商店橱窗里的自己，当场愣住了。他以为自己的眼睛出了问题，左看右看，端详了半天，确实是自己。他竟然变成了一个完全陌生的俊美青年。若站在"变身愿望"的角度，这个男人此时应喜不自胜，然而正因他

---

① 马塞尔·埃梅（1902—1967）：二十世纪法国伟大的短篇小说家、剧作家。

是个有金钱、有地位、有老婆孩子的普通人，他反而高兴不起来。他只感到了不安。他如果是个孑然一身的虚无主义者或者有犯罪倾向的人，一定会欣喜若狂，但对一个务实的普通公民来说，就没什么可开心的了。他不敢回家，因为妻子肯定认不出他了。

没办法，他只能先去好友那里告知原委，没想到好友也不相信他，毕竟在这个现实世界里不可能发生如此魔幻的变身现象。相反，好友还起了疑心，怀疑这个人编出这套谎言，莫非是已经把他那有钱的朋友囚禁在某处或干脆已经将其杀害，然后伪装成他，企图掠夺其财产。这位好友是个诗人，熟知许多两人分饰一角的犯罪诡计。

这里要聊两句推理小说，埃梅虽然不是推理作家，但这部小说中却有许多推理小说的元素。如果把谷崎润一郎的《友田与松永的故事》，以及我的短篇《一人两角》反过来思考，便是埃梅的这一奇思妙想。

变身男不知如何是好。他没有勇气在举目无亲、没有合法身份而空有一张俊美皮囊的状态下重启自己的人生。因为他不愿失去财产，也不愿失去妻子。于是他绞尽脑汁想到了一招：他在自己前身居住的公寓里租了间屋子，以化名居住，试图勾引自己的妻子，最终与之再结连理，恢复原来的家庭。因为自己的前身，也就是妻子的丈夫，已不在这世上了，所以也不用担心有人埋怨。他想破脑袋也想不出更好的办法了。

于是，他陷入了一种以他人的身份与自己的妻子再次坠入爱河的古怪境地。这也是我的旧作《一人两角》和《石榴》里令我最感兴趣的部分。商人的妻子美丽动人且有点水性杨花，因此该计划轻而易举地成功了。妻子上钩时他心里五味杂陈。妻子出轨了，而外遇对象就是自己。俊朗外表带来的愉悦中夹杂着一个五十岁前夫应有的愤怒。

由于这不伦之恋不能被孩子和邻居发现，二人自然要外出幽会。次数一多，某日他们牵手漫步的情景就被诗人好友瞧见了。当时诗人的表情说明了一切。他一定是觉得美男子的诡计日臻完善，美男子终于对好友的妻子伸出了魔爪，想要霸占好友的财产和美妻。他不能坐视不管，再加上好友已经失踪了一周，甚至十天都没回来，这可不是闹着玩的，现在只有报警让警察来调查了。变身男的直觉告诉他，诗人就是这么想的。

变身男冥思苦想，计划和妻子私奔到远方去。为此需要编造各种合情合理的理由，但说服妻子应该没有问题。就在这关键的时刻，仿佛噩梦初醒一般，他的身体又恢复了原状。当时他正在餐厅小憩，醒来时发现自己恢复了五十岁中年商人的模样。他松了口气，同时也为难得的冒险无法实行感到惋惜，心情十分复杂。

他以原本的商人身份回到家里，向妻子解释之所以消失了几天，是因为有紧急商务需要出国一趟，妻子自然信以为真。美男子突然消失得无影无踪，之前的夫妻生活恢复如初。不过，这部分描写了他奇妙的心理活动。这个恢复了中年商人身份的男人，对于亲身见证的妻子的不忠耿耿于怀。妻子装出一副什么也没有发生的样子，仿佛是一个从未接触过其他男人的贤妻。而男人也佯装不知，默默地观察她。他与其说憎恨妻子，不如说是怜悯她，因为奸夫就是他自己。他也无法跟她生气，甚至对妻子产生了异样的兴趣。此乃因变身这一虚构手法造成的奇特心理状态，我很喜爱这类虚构故事。

我还读过一篇英译版的埃梅著作，也十分有趣。一个普通小职员头上突然出现了一圈圣光，就是神明头上的那种光环。这是神明赠予虔诚劳动者的宝物，却给小职员带来了莫大的困扰。他不能上街，因为别人会指指点点地笑他。他不得不戴上一顶大帽子遮住，在公司的办公室里也不能摘下来。而遮遮掩掩并非长久之计，他走到哪里都会遭人嘲笑，还被老婆唾骂，于是他诅咒起圣光来。万般无奈之下，为了让圣光消失，他打算设法触怒神明，也就是犯下罪行。于是从说谎开始，他犯下的罪行越来越重，但圣光仍未消失。他就不断地犯下一桩又一桩的累累恶行……我真想再多读一些埃梅的小说。

言归正传，埃梅的《变貌记》讲述的虽是变身愿望的反例，但书中也有关于变身魅力的描写，只不过在上述情节中无法体现。即便是反例，一个对变身愿望毫无兴趣的作家，是写不出这种小说来的。

人们对于变身的渴望是多么普遍，从化妆这件小事便可知一二，因为化妆也是一种轻微的变身。年少时我曾和朋友玩过角色扮演的游戏，借来女性和服，在镜子前化妆时那种异样的愉悦感令我甚为诧异。所谓演员，便是将这种变身愿望变成了职业，他们可以在一天内多次变身他人。

侦探小说中的变装情节同样起到了满足这种变身愿望的作用。作为诡计的变装，现在对我来说已味同嚼蜡，但变装本身还是魅力无穷的。要说变装小说的顶尖之作，便是情节中涉及通过整容实现改头换面的作品吧。代表作有战前由安东尼·艾伯特策划，名为《总统侦探小说》的那部共著小说。关于这部作品，我曾多次提及，不再赘述了，但通过整容手术变成另外一个人是完全可能的，这可以说是现代的忍术或隐身衣了。从这个意义上来说，变身愿望和隐身衣愿望也有相通之处。

（发表于《侦探俱乐部》昭和二十八年二月特别号）

# 江户川乱步大事记

**1894年** ● 10月21日，出生于日本三重县的小康之家，本名平井太郎，是家中长子。

**1896年** ● 因父亲工作变动搬家，次年再次搬家。成年后也多次搬家，一生搬家46次。

**1912年** ● 父亲破产，家道中落，曾一度随父下乡垦荒，后独自上京求学。

**1915年** ● 在早稻田大学求学期间创作处女作《火绳枪》，未能发表。

**1919年** ● 25岁，与读书会上相识的小学教师村山隆子结婚，后为谋生辗转从事过多种工作，常常穷困潦倒。

**1923年** ● 29岁，得到《新青年》杂志主编森下雨村赏识，发表《二钱铜币》而正式出道。当时日本几乎没有本土的原创推理小说，乱步创作的《二钱铜币》《一张收据》《致命的错误》等作品的接连发表，标志着日本进入了本土推理小说创作的新时代，同时标志着日本本格派推理的诞生。

| | | |
|---|---|---|
| **1924年** | ● | 11月，从大阪每日新闻社辞职，开始成为专职作家。 |
| **1925年** | ● | 1月，《D坂杀人事件》在《新青年》杂志发表，日本首位名侦探明智小五郎正式登场。明智小五郎在此后的数十年间成为日本家喻户晓的名侦探，《名侦探柯南》里的毛利小五郎以及《金田一少年事件簿》中的明智警视都是在向其致敬。10月，《人间椅子》在《苦乐》杂志发表，成为日本推理以阴冷诡异、猎奇妖艳为特征的变格派的代表作。 |
| **1927年** | ● | 作品《一寸法师》被拍成电影，乱步却逐渐对该作品心生厌恶，一度决定封笔，在日本各地流浪。 |
| **1936年** | ● | 42岁，开始写作面向青少年的作品，《怪人二十面相》在《少年俱乐部》杂志一经发表便引起读者的热烈反响，乱步的部分面向成人的作品也被改编为适合青少年阅读的版本。 |
| **1939年** | ● | 二战以来，日本对推理小说的审查日趋严格，作品《芋虫》被禁止发行。 |
| **1947年** | ● | 53岁，侦探作家俱乐部成立，乱步成为首任会长。该俱乐部就是后来的日本推理作家协会。 |
| **1949年** | ● | 55岁，爱伦·坡逝世100周年之际，乱步出版了《侦探小说四十年》，对自己过去的创作做了总结。爱伦·坡是乱步最喜欢的推理作家，江户川乱步这个笔名就是取自埃德加·爱伦·坡的日语谐音。 |

**1954年** ● 乱步60岁寿辰时，用自己的积蓄设立江户川乱步奖，用以鼓励新人进行推理小说的创作。东野圭吾、高野和明、下村敦史等知名作家都是在获得江户川乱步奖后出道的，现在江户川乱步奖已成为日本推理界至高奖项。

**1961年** ● 鉴于多年来对日本推理文坛的卓越贡献，日本天皇授予乱步紫绶褒章。

**1965年** ● 乱步因脑出血病逝，享年71岁。江户川乱步作品的大全集在其生前和逝世后各出版了四次，日本至今找不到第二个作家有这样的成就。

读客®
**悬疑文库**

**认准读客读悬疑，本本都是大师级。**

专注出版英、美、日、意、法等世界各国各流派的顶尖悬疑作品。

为读者精挑细选，只出版两种作品：
经过时间洗练，经典中的经典；以及口碑爆表、有望成为经典的当代名作。

跟着读客悬疑文库，在大师级的悬疑作品中，
经历惊险反转的脑力激荡，一窥人性的善恶吧。